CW01656343

Serie coordonată de
DENISA COMĂNESCU

ERIC-EMMANUEL
SCHMITT

Jurnalul unei iubiri pierdute

Traducere din limba franceză de
DORU MAREȘ

HUMANITAS
fiction

Lector: Gabriela Riegler
Redactor: Raluca Popescu
Coperta: Angela Rotaru
Tehnoredactor: Manuela Măxineanu
Corector: Cristina Jelescu
DTP: Florina Vasiliu, Veronica Dinu

Tipărit la Monitorul Oficial R.A.

ERIC-EMMANUEL SCHMITT
JOURNAL D'UN AMOUR PERDU
© Editions Albin Michel - Paris 2019
All rights reserved.

© HUMANITAS FICTION, 2021,
pentru prezenta versiune românească

Descrierea CIP a Bibliotecii Naţionale a României
SCHMITT, ERIC-EMMANUEL
Jurnalul unei iubiri pierdute / Eric-Emmanuel Schmitt;
trad. din franceză de Doru Mareş. – Bucureşti:
Humanitas Fiction, 2021
ISBN 978-606-779-767-1
I. Mareş, Doru (trad.)
821.133.1

EDITURA HUMANITAS FICTION
Piaţa Presei Libere 1, 013701 Bucureşti, România
tel. 021/408 83 50, fax 021/408 83 51
www.humanitas.ro

Comenzi online: www.libhumanitas.ro
Comenzi prin e-mail: vanzari@libhumanitas.ro
Comenzi telefonice: 0723 684 194

Mama a murit de dimineață și e pentru prima oară când mă supără.

Seara, distrus de-atâta plâns, nu am impresia că m-a părăsit, ci mai degrabă mă tem că am abandonat-o eu pe ea. Sunt îngrijorat... Pe unde-o fi? O fi având nevoie de mine?

Aș vrea să alerg până în acel loc necunoscut pe care-l descoperă acum, să o susțin, să-i alung spaima, să o iau pe după umăr, să-i cobor palma în scobitura cotului meu și-apoi să-i șoptesc la ureche: „Las' c-o să meargă!“ Probabil că ar izbucni în râs – o amuza felul în care imitam graiul celor din Charleroi. De cincizeci și șase de ani, de când ne-am întâlnit și am început să mergem umăr la umăr, ne simțim puternici, senini, în centrul unui univers ale cărui peisaje se organizează sub pașii noștri. Mama mă lumina, eu o luminam, străluceam amândoi, invincibili, iar tenebrele se îndepărtau, împinse înapoi de flacăra noastră. După viață, ne-am fi obișnuit cu moartea împreună, nu-i așa?

Nu concep să moară singură, chiar dacă întotdeauna mori singur.

Nu concep să plece fără mine, deși, mi-ar obiecta, nu-ți iei fiul într-o asemenea călătorie! S-a retras, așadar, curajoasă, în vârful picioarelor, singură. Mama rămâne mamă până la capăt.

Cum de-am putut să nu simt nimic în zori, în clipa în care se sfârșea? Fiindcă eram atât de apropiați, atașați prin legături zdravene, inserați într-o pânză de vibrații care traversau într-o secundă cei șase sute de kilometri care despart Lyonul de Bruxelles, ar fi trebuit să aflu pe loc de plecarea ei de lângă mine, pe dinlăuntru, prin intuiție, telepatie, febră! În loc de asta, m-am trezit euforic, m-am uitat la ziua aurită care se anunța, am contemplat cireșul japonez dilatat de miile de flori spumoase, când un apel telefonic...

Nu înțeleg: a murit, iar eu nu am simțit nimic.

Nimic.

Și-atunci totul – cu-adevărat totul – se prăbușește.

Mămico, ai murit de dimineață și e pentru prima oară când mă superi.

De la tine nu am primit decât tandrețe, atenție, considerație, entuziasm. De la tine am primit pasiunea de a exista, dorința de a admira, beția de a face. De la tine nu păstrez nici o amintire urâtă, numai căldură, lumină, bucurie. Nu pot aduce la suprafață nici măcar o clipă în care zâmbetul tău să se fi șters, în care atenția ta să fi slăbit, în care vreo eclipsă să-ți fi întunecat bunăvoința. E peste poate să-mi amintesc vreo secundă în care să mă fi dezamăgit. Iubirea ta se dovedea pe cât de generoasă, pe atât de imposibil de degradat.

Să fi pierit toate acestea? Moartea, perfida asta, chiar a reușit să-mi ajungă mama, ca o trădătoare, tocmai pe ea, o fostă campioană la sprint, o atletă de nivel înalt, un trup robust pe care timpul îl ocolise?

Mama moartă...

Scriu aceste cuvinte pentru a mă convinge că enunț o realitate, încercând de ceasuri întregi să-mi pun durerea pe seama unui coșmar.

O femeie m-a purtat în pântec, m-a adus pe lume, mi-a permis să cresc, să mă maturizez, m-a transformat într-un om fericit, apoi, sigură de autonomia mea, m-a însoțit de la distanță; dar îmi dau seama că în adâncul adultului supraviețuia un băiețel care credea că mama lui era atât de frumoasă, de tămăduitoare, de puternică, încât avea să triumfe și asupra Doamnei cu coasa. „Mama? O să omoare ea moartea!“

Băiețelul acela astăzi s-a stins.

Odată cu ea.

*

Într-o zi ca toate celelalte, totul devine diferit.

Ni se anunță o moarte, o naștere și, din acel moment, nimic nu va mai fi vreodată la fel.

*

Iată-mă-n trenul care mă duce la Lyon, unde mă așteaptă familia.

Un telefon brutal... Am detestat dintotdeauna unealta asta, chip industrial, tehnologic, plastifiat al destinului.

Ieri, dimineața emana un parfum de primăvară, viu, ascuțit, puternic, fremătător, anunțând reînnoirea. Cei trei căței se distrau luptându-se în grădina în care soarele galben șofran te orbea, încălzind peluza anemică, grăbind liliacul timid, instigând arbuștii să înmugurească; se pregătea una dintre acele zile care ascut cheful de viață, părăsindu-ne seara istoviți, amețiți de cât am vibrat. Mă bucuram de perspectiva de a scrie ceasuri întregi în mijlocul acelei lumini.

În drum spre dressing, după duș, am observat că telefonul afișa mai multe apeluri. Întreținând relații distante cu acest spărgător de intimitate, nu l-am băgat în seamă și m-am îmbrăcat liniștit. La zgomotul sertarului cu ciorapi, câinii au alergat veseli să mi-i ia, obligându-mă să-i urmăresc pe coridoare și pe scări, fiind ei cu atât mai grăbiți, cu cât ciorapii anunțau pantofii, iar pantofii lunga lor plimbare mult iubită prin pădure...

Între două galopări și câteva prefăcute lupte, aruncând o privire scurtă către ecranul mobilului, am constatat că Florence încercase să mă contacteze de patru ori. Cum sora mea utilizează cu parcimonie telefonul, m-am temut imediat de tot ce poate fi mai rău.

I-am format numărul, a ridicat receptorul și am auzit-o respirând greu.

— Florence, m-ai sunat?

Plângea. Am insistat, din ce în ce mai îngrijorat:

— Ce e?

— ...

— Ce se-ntâmplă?

— Mămica... a reușit să articuleze între două hohote.

Am înțeles. Mi s-a deschis pământul sub picioare, aruncându-mă în altă lume, rece, colțuroasă, neospitalieră, ostilă, în care sora mea și cu mine zăceam prizonieri pentru totdeauna. Vestea de care mă temeam de cincizeci de ani tocmai ieșise la suprafață: Mama e moartă. Asta e. Se-ntâmplă acum. Azi. Gata.

— Nu!

Gem „Nu" pentru a nega, „Nu" pentru a o prinde pe mama care se prăbușește în fundul unei prăpăstii, „Nu!".

În momentul în care am căzut, Daphné, cățelușa mea, s-a repezit la mine, panicată. Nu mă puteam opri din plâns, în timp ce ea îmi lingea lacrimile. Neputincioasă, se tânguia, sărea, o lua de la capăt, mă frământa cu labele, își strecura botul în scobitura gâtului meu, mâhnită de starea în care ajunsesem, hotărâtă să mă facă să-mi revin cu orice preț, lingându-mă. Extenuat, am lăsat-o-n pace; nu era să resping un pic de iubire din moment ce mama, cea mai importantă sursă de dragoste, mă părăsea.

„Nu!"

Neîncetat „Nu!".

Nimic altceva decât „Nu!".

Daphné m-a însoțit până lângă patul pe care m-am prăbușit și, în pofida interdicției, s-a cocoțat pe pilotă, decisă să mă vindece. Daphné cea minusculă și răvășitoare. Daphné cea derizorie și magnifică.

După o oră, când am putut din nou să vorbesc, mi-am sunat apropiații. Bruno, Gisèle, Yann, Maïa, cu toții au venit foarte repede, luându-i locul lui Daphné. Fără a avea mai mult succes decât ea...

Firește, nu eram de unul singur, numai că, de acum, urma să merg înainte fără mama. Aveam oare să reușesc?

„Următoarea oprire: Aeroportul Roissy-Charles-de-Gaulle."

Vocea cântată și feroviară anunță succesiunea gărilor. Liniștea ei mă șochează. Cum adică? Treburile merg, călătorii circulă, iarba crește, soarele strălucește, Pământul se-nvârte, viața continuă... Deci n-au aflat?

Credeam că durerea ucide. Însă corpul rămâne stupid, mărginit, tenace, posesor al atâtor forțe – pulsiuni, apetituri, puteri reparatoare –, încât nu se poate să nu își urmeze cu încăpățânare nevoile, chiar dacă sufletul ar vrea să-l oprească. Cât de mult mi-aș fi dorit să dispar și eu în clipa în care am aflat vestea! Nu aș fi sucombat din cauza durerii, aș fi pierit mai-nainte.

Poate c-aș fi murit pentru a o evita...

În schimb, corpul meu, care nu a sesizat dimensiunile situației, m-a condamnat la dezolare. În pofida dezastrului, ieri a manifestat nevoia de a mânca, astă-noapte-a dormit și, de dimineață, îi era sete... Rămâne obscen de sănătos, constrângându-mi sufletul la suferință, la un supliciu care, departe de a scădea, se intensifică.

Pe scurt, nu se moare de durere.

În orice caz, nu dintr-odată.

Atunci, la foc mic, prin uzură?

Măcar de s-ar putea...

„Următoarea oprire: Gara Chessy, Marne-la-Vallée."

Ghemuit într-un fotoliu izolat, cu fața spre peisajul care defilează nebunește, nu-mi mai pot stăpâni durerea. Lacrimile-mi țâșnesc, sensibile, reacționând la cel mai neînsemnat dintre gânduri, și-mi curg pe sub lentilele fumurii. Le șterg cu mânecile puloverului care, de acum, sunt ude.

Se apropie o femeie brunetă, splendidă, rafinată, în deplina strălucire a maturității ei. Se uită cu atenție la mine și se apleacă.

— Îmi plac mult cărțile dumneavoastră.

Mi-o fi văzând lacrimile care mi se scurg pe obraji? Nu le-o fi văzând? Îmi surâde.

— Țineam să v-o spun.

Și necunoscuta se îndepărtează ușoară, încântătoare. O fi ghicit? Nimic? Totul? Tandrețea atenției pe care mi-a acordat-o mă bulversează, întrezăresc în ea semnul unei delicateți feminine care mi-o amintește pe mama și murmur un „Mulțumesc", dar prea târziu, cu un glas de neauzit, în timp ce ea iese din vagon.

Lacrimile mi se-nmulțesc și încerc să le înfrânez fixând un punct pe cer, dincolo de geam. Dovada de afecțiune m-a mișcat, de parcă s-ar fi înfășurat pe pielea unui mare ars. Descopăr o nouă realitate: va trebui să învăț să merg înainte fără mama; să învăț să fiu apreciat fără a-i mai spune; să învăț să primesc cadouri fără a mai alerga spre ea pentru a i le arăta, plin de mândrie, ca puștiul de odinioară; să învăț să nu-mi mai trăiesc povestea în doi.

Dizgrație...

Dintotdeauna, mama îmi lărgea zilele la dimensiunile unui poem: trăiam de două ori, o dată pentru a mă bucura de ele și încă o dată pentru a i le relata. O dată pentru mine, o dată pentru ea. Evenimentele pe care le traversam alcătuiau o poveste care-i era destinată, pe care încercam să o limpezesc, să o împodobesc, să o reînsuflețesc, pândindu-i privirea curioasă, provocându-i uimirea, înveselind-o cu un râs în hohote. Desigur, nu îi povesteam totul – păstram anumite secrete, căci împărtășeam amândoi o imensă pudoare –, însă reciclam o bună parte dintre întâlnirile, sentimentele, enervările, regretele, sarcasmele mele într-o gazetă pe care i-o pregăteam minuțios. Timp de cincizeci de ani, am beneficiat de două existențe, una reală și una povestită.

De-acum nu mai am decât o singură viață, a mea. Adio vieții pentru noi doi. Adio vieții din cuvinte.

Oare acesta să fie motivul pentru care prezentul jurnal capătă, începând de ieri, atâta importanță? Înlocuiește cuvintele pe care i le adresam?

„Următoarea oprire: Gara Creusot TGV.“

Ridic capul. Destul cu plânsul! De unde vin lacrimile acestea? De unde ies atât de multe?

Mamei nu-i plăcea să mă vadă atât de trist și nu admitea să mă expun astfel. Mai rău, starea mea ar fi ofensat-o, temându-se să nu cumva să-mi fi ratat educația.

Nu trebuie să o dezamăgesc.

„Următoarea oprire: Gara Lyon Part-Dieu.“

Când debarc în Lyon, orașul meu natal, ceasul îmi reamintește data: 28 martie.

Aici m-a adus mama pe lume, acum exact cincizeci și șapte de ani; la aniversarea de acum, mă întorc să o conduc pe ultimul drum.

Îmi încep prima zi de orfan.

Sunt copilul nimănui.

*

Ora unu noaptea. Nici vorbă să pot dormi.

Am acceptat oferta lui Florence de a dormi la ea, căci am mare nevoie să mă aflu alături de sora mea mai mare, căreia îi zic „surioară“ din afecțiune. Or fi adormit ea și soțul ei, Alain, în camera vecină cu a mea? Dar nepoții mei, Stéphane și Thibaut, dincolo de paravan?

Mai bine să scriu, ca să scap de frământări! Sar din patul în care mă învârteam ca un balot pe puntea unui vapor în furtună, mă așez la biroul îngust și îmi continui redactarea jurnalului.

Întoarcerea la Lyon m-a dărâmat. Un Lyon în care nu mă mai aștepta mama nu mai era Lyon. În taxiul care traversa orașul, o luam pe drumuri care nu mai duceau la ea, urcam un deal unde nu mai locuia, priveam fațadele unor clădiri pe lângă care nu mai trecea; peste puțin, sunam la un interfon la care nu avea să-i mai răsune vocea înveselită, voi intra într-un apartament a cărui ușă nu ea o va deschide, ușurată, cu ochii un pic umezi.

Fără ea, orașul mi s-a părut dintr-odată gol, destrămat, incoerent. Decapitat.

După durerea care mă crucifica, am înțeles că, dintotdeauna, mama cucerise Lyonul, că, în ochii mei, îl personifica mai ceva decât Sfânta Fecioară de deasupra catedralei Fourvière. Din observatorul ei maiestuos, din Sainte-Foy-lès-Lyon, mama domnea peste diferitele cartiere, peste acoperișurile de culoarea somonului, clopotnițele ascuțite, domurile academice, cursurile sinuoase de apă, șlepurile lente, fumurile-n serpentină, întunecatele situri industriale. Impunea orașului propria-i armonie: un râu care se varsă-ntr-un fluviu, ca o îmbrățișare, două coline care-și surâd una alteia, protejând inima urbană. Mai bine încă, pictase orașul în culorile preferate, cele ale hainelor ei, roz pal pentru olane, ocru pentru fațade, gri perlă pentru pietre, argintiu pentru ape, azur pentru cer. Ea, care era la largul ei ca arheolog, călător, istoric, ea, care mă dusese în Grecia, în Italia, ea, care se dovedea neobosită imediat ce se punea problema de a înfrânge timpul prin spațiu, ținuse ca orașul să prezinte în permanență diferite epoci, una lângă alta, în acest secol deschis către toate celelalte, clădire după clădire, Galia, Evul Mediu, Renașterea, clasicismul, secolul al XIX-lea burghez, modernitatea din sticlă și beton. În sfârșit, insuflase anticei capitale a galilor înțelepciunea ei alcătuită din moderație, din modestie, ei da, din resemnarea ei de femeie în vârstă, care se împăcase cu pensia și minimaliza tragicul declin dedându-se bucuriilor clipei prezente.

Plimbarea pe străzile și cheiurile străbătute de mii de ori mi-a adus iluminarea: nu mama e din Lyon, ci Lyonul din mama.

Lyon, orașul meu natal? Lyon, orașul meu matern...

*

Un soare de un galben deschis, viguros, a strivit marțea aceasta. O vreme superbă colora o zi ticăloasă.

În filme și romane, o natură empatică face să rezoneze oamenii la unison: în cinematografia franceză, nici că există vreo ruptură fără ploaie; în cărți, nici o agonie nu e lipsită de furtună. Or, în trecut, am cunoscut despărțiri sub un cer luminos și cald, iar astăzi, primăvara aceasta radioasă e-n disonanță cu decesul mamei. Indiferența cosmosului față de amărăciunea mea, departe de a mă doborî, mă liniștește, mă dezbară de orgoliu, dovedindu-mi – dacă mai era nevoie – că stările mele sufletești, în oceanul universului, înseamnă mai puțin decât o picătură de sudoare.

Să stau alături de sora mea, Florence, mi-a adus liniștea. Nu se pune problema să ne arătăm plângăreți unul altuia: mama, de parcă s-ar fi strecurat între noi, ne-o interzicea, ne obliga să fim rezervați. Cred că fiecare dintre noi s-a izolat de mai multe ori în vreo încăpere sau pe balcon pentru a vărsa lacrimi clandestine...

Ritualurile au în ele ceva bun, inclusiv cele administrative. Căutarea de acte, completarea de formulare, programarea slujbei de la biserică, fixarea înmormântării, trimiterea de anunțuri la ziare, scrierea ferparului, adunarea adreselor, iată ce ne-a absorbit energia pe care altfel am fi cheltuit-o cu o durere sterilă.

Prevăzătoare, mama ne-a eliberat de sarcină: încheiase un contract pentru înmormântare cu o firmă specializată.

Ne-am dus la firma de pompe funebre pe care o alesese. Clădirea, un pavilion îngust din placaj și sticlă, din fundul unei parcări, semăna cu un birou de poștă ori o agenție bancară. Curățică, de dată recentă, simplă, sumară, arbora culori vesele, pastel pentru pereți, măr verde pentru fotolii – o creșă, o grădiniță ar fi abordat același joc cromatic cochet –, ceea ce mi s-a părut pe cât de reconfortant, pe atât de revoltător.

Ne-a primit o funcționară tânără, tapată, machiată, cu manichiura făcută. Înainte de a pătrunde în biroul ei, ne-a arătat un băiat de douăzeci de ani, pletos, filiform, cu ceafa aplecată spre noi, într-atât ne depășea în înălțime, care ne privea cu timiditate.

— Ați fi de acord ca stagiarul nostru să ia parte la discuție?

M-am auzind răspunzând ferm:

— Prefer să nu.

Florence s-a uitat la mine, uluită că nu i-am cerut părerea; cu un gest, i-am amintit că nici noi nu participam la un stagiu pentru doliu, ci că acesta era și unicul, și cel adevărat.

Politicoasă, funcționara a acceptat, așa că ne-am închis în birou împreună cu ea. De jur împrejurul meu, pe etajere, scrutam propunerile de ferpar, care m-au consternat fiindcă adăugau durerii autentice formule artificiale, naive ori bombastice. Apoi am ridicat din umeri, furios pe mine însumi: cultivarea gustului frazelor și al cuvintelor nu-mi aducea mama înapoi.

Cu mai mulți ani înainte, mama completase un dosar, specificând dorințele ei privitoare la funeralii. O omisiune a încurcat-o pe tânăra care studia contractul:

— Vai, în fișă, mama dumneavoastră a uitat de specialistul în îmbălsămare.

— Poftiți?

— Nu a bifat pregătirea corpului și machiajul pentru expunerea în sicriu. Părea o doamnă foarte cochetă, din acest motiv mă mir. Desigur, adaug cheltuielile cosmetice, da?

Am înghițit în sec. Din empatie, sora mea mi-a făcut semn că mă puteam exprima în numele amândurora.

— Nu a uitat nimic, domnișoară. Avea oroare de acest obicei. Și, chiar dacă era „cochetă", era în egală măsură feministă și nu și-ar fi dorit să fie „expusă".

Perplexă, funcționara și-a dres glasul și a murmurat:

— Deci?

— Deci nu i se expune corpul.

— Totuși n-ați vrea să...

— Nu.

— Poate că frații sau surorile dânsei...

— Nu împotriva voinței ei. Mama a fost mereu stăpână pe ieșirile sale în public. Să-i permitem să fie și acum, când a plecat dintre noi.

Mă inundă tot felul de imagini: furiile mamei când i se arătau rămășițe pământești; oroarea ei în fața acestei tradiții; exasperarea ei în fața cadavrului soțului ei adorat, o mânie care o făcuse să ne apostrofeze pe sora mea și pe mine: „Ce-ați rămas așa proțăpiți? Nu vedeți că Tati nu mai este? C-a plecat? Nu mai este nimeni aici, nimeni!"

Funcționara ne-a ascultat, apoi ne-a rugat să alegem sicriul. Era să strig imediat: „Cel mai frumos!"

M-am abținut, fiindcă mama m-ar fi considerat ridicol, iar Florence m-ar fi ironizat; m-am limitat să murmur:

— Nu știu. N-am mai ales niciodată un sicriu.

— Tatăl nostru a dorit să fie incinerat, a explicat Florence.

Ni s-a pus sub ochi un catalog de sicrie. Simple. Sobre. Luxoase. Pretențioase. Am observat că prețurile se încheiau cu 9 sau cu 99, ca la supermarket, pentru a atrage clientul. Paginile erau atât de comerciale încât mă așteptam și la promoții.

Sora mea și cu mine ne împotmoliserăm. Cel mai ieftin? Nu, totuși! Ceva mai scump, desigur. Oricum, la ce să ne fi oprit? Care era cel rezonabil?

— Un model de bază, a anunțat Florence plictisită.

— Din fag, din brad, din pal?

— Îi plăcea mirosul bradului, a explicat sora mea, pentru a scăpa de problemă.

— Capitonat?

Orice decizie ne ducea în absurd: a exclude capitonarea ne dovedea realismul, dar și avariția, iar a o accepta, chiar cheltuind mai mult, însemna a ne imagina că niște pernițe ar fi asigurat confortul cadavrului. Nu exista nici un răspuns potrivit.

Moartea ne lasă fără răspunsuri potrivite.

Trebuia totuși să mergem mai departe: dacă mama nu mai simțea nimic, asta se traducea prin faptul că nu mai însemna nimic?

Am exclamat în cor:

— Capitonat!

— Satin sau mătase?

— Mătase! am răspuns amândoi.

— Alb, șampanie, albastru, roz?

— Șampanie!

În tăcerea care a urmat, tulburată doar de unghiile funcționarei lovind tastele, pe măsură ce nota codurile opțiunilor noastre, m-am rugat: „Nu mai puneți întrebări, vă rog, nu mai puneți întrebări." La fiecare lucru ales pentru mama, ne dădeam seama că nu îl va ști, nici percepe vreodată; și, de fiecare dată, o pierdeam și mai mult.

Funcționara a luat un calculator și a început să adune cu o viteză nebună. Banalitatea gesturilor ei m-a calmat. Până la urmă, pur și simplu făceam cumpărături, nimic altceva; cumpărături funerare, desigur, dar tot cumpărături.

Apreciam profesionalismul funcționarei; fără a ne ignora starea de confuzie, ne reducea mâhnirea la inevitabile constrângeri care trebuiau tolerate, la legi care trebuiau respectate, la decizii care trebuiau luate, în sfârșit, la o factură care trebuia plătită. Cec, cash, card? Nici compătimire excesivă, nici empatie simulată, doar respect pentru durerea noastră. Mi se părea sclipitoare și i-am spus-o înainte de a ne lua la revedere. A coborât pleoapele.

— Vă mulțumesc. Personal, vă mărturisesc că rareori am întâlnit un frate și o soră care să se înțeleagă atât de bine: sunteți la unison în legătură cu toate.

În timp ce roșeam și eu, și Florence, am ridicat privirea spre tavan și am șoptit, în mine, dar către mama: „Complimente, e meritul tău."

Plecând de lângă femeia aceea, mi-am reproșat că am refuzat ca stagiarul să ia parte la întrevedere; sub pretextul că eram debutant într-ale orfanului, îi interzisesem studentului să debuteze într-ale pompelor funebre.

*

O voi mărturisi vreodată?

Moartea mamei e impregnată de ceva oribil.

Celor pe care îi anunț nu le dezvălui nimic, într-atât mă rănește povestea. Voi ajunge oare să consemnez adevărul în aceste pagini?

Nu încă...

*

Am zece mii de amintiri cu mama, însă nu reușesc să o descopăr pe cea dintâi. Există o amintire inițială a soarelui? a cerului? a pământului? a apei? Iată ce e natura: ceea ce nu lasă vreo amintire a începutului. Pentru mine, povestea noastră nu a început niciodată, a fost dintotdeauna.

Nu mama mi-a apărut mie: eu i-am apărut ei. Făceam corp comun. Dintr-o fuziune primitivă, am derivat progresiv, ceea ce, puțin câte puțin, ne-a individualizat.

Am fost separați? Prea puțin. Mai întâi am trăit în ea, apoi lipit de ea, odată ieșit din pântecul ei; pe urmă, fiindcă îmi vorbea, mă spăla, mă așeza în pat, fiindcă îi înlănțuiam brațele, genunchii, fiindcă mă săruta ori mă mângâia ca-ntr-o adiere, am constatat că eram două persoane. Am strâns-o-n brațe până în adolescență, moment în care s-a insinuat pudoarea, m-am mulțumit cu scurte îmbrățișări, cu obrajii lipiți unul de altul, cu a o lua de mână sau, mai încoace, cu degetele ei agățate de cotul meu pe când ne plimbam.

Deci nu a existat o primă dată. Ce armonie e în aceste ape amestecate, în această magmă originară, în această argilă indistinctă!

Am trăit cu ea o poveste fără început, care acum ia sfârșit. Poate deveni prezența ei o absență?

*

Înmormântarea va avea loc în această dimineață, pe 1 aprilie, la ora două.

Iarăși povestea aceasta sordidă din jurul decesului mamei... Îndoieli... Întrebări...

Unchii mei au fost alarmați că nu i se aduce un ultim omagiu înainte de închiderea sicriului. Le-am ascuns adevărul, pretextând opoziția absolută a mamei.

Din cauza acestor elemente... incomode, nici Florence, nici eu nu am asistat la așezarea în sicriu, chiar dacă, conform legii, un membru al familiei trebuie să rămână alături de un ofițer de poliție până la închiderea capacului. Ne-a înlocuit Alain, cumnatul meu; blând, vertical, credincios, aducând de treizeci de ani încoace fericirea surorii mele, o adora pe mama și acum zboară în ajutorul nostru.

Detaliile oribile ne puneau în încurcătură și pe sora mea, și pe mine. Cele pe care nu le povestesc.

Ne-am mulțumit cu diagnosticul oficial al medicului: se stinsese dintr-odată, fără a fi avut timpul să își dea seama, fiindcă îi cedase inima.

Opresc jurnalul, căci mă cheamă Florence: plecăm să o însoțim pe mama la biserică, apoi la cimitir.

Când mă voi întoarce aici, ea se va odihni sub pământ. Măcar de m-ar ține picioarele...

*

Biserica din copilăria mea. Peste tot, flori. O orchestră de coarde. O cântăreață. Texte emoționante. Prieteni. Apropiați. Slujba a fost demnă, simplă și frumoasă; cred că i-ar fi plăcut și mamei.

De fapt, numai ea lipsea.

*

Inima mi-e sfâșiată.

Iată-ne reîntorși în Belgia, la țară, iar eu mă ghemuiesc pe lângă apropiați, ca o pisică zgribulită. Tandra lor solicitudine mă încălzește, dar nu mă consolează – confort mai degrabă decât îmbărbătare.

Compasiune am primit multă ieri, în timpul funeraliilor de la Sainte-Foy-lès-Lyon. Biserica gemea de flori. Buchete imense încadrau altarul, unul de la editorul meu, al doilea de la teatrul meu, cei doi stâlpi ai existenței personale, de care mama se bucura, transformați în trandafiri albi și crini exuberanți. Prietenii mei din orchestra Confluence, care se întâlniseră de mai multe ori cu mama cu ocazia spectacolelor noastre Mozart, cântau cu delicatețe, alături de o solistă inspirată. Atâta delicatețe mă fragiliza.

Unele prezențe mă emoționau, altele mă deranjau un pic – cititori, cititoare care nu o cunoscuseră pe mama.

În galeria bisericii, în spatele stranei, nepoții mei erau la microfon, vorbeau frumos despre bunica lor, Stéphane cu o veselă tandrețe, Thibaut cu un bine-venit umor. Diaconul, prieten cu tata, a schițat un portret aproape exact al mamei, cu elemente pe care i le șoptiserăm noi. Christine, verișoara mea și fina ei, a recitat din Evanghelii cu voce tare și curajoasă, de credincioasă autentică.

Am uitat ce am spus și eu, la rândul meu, într-atât mă copleșise emoția, dar îmi amintesc că am încheiat astfel: „Ne-a dăruit, mie și surorii mele, cu iubire până la sfârșitul zilelor noastre. Stăm în picioare grație ei. Tot așa cum într-o zi de demult, aici, în apropiere, ne-a dat drumul mâinilor ca să putem să pășim, vine acum să ne dea drumul pentru a doua oară, ca să ne continuăm calea."

După care i-am privit lung sicriul.

„Au noroc cei de sus: vor primi pe cineva minunat. Dar și noi, cei de aici, de jos, avem mult noroc: am cunoscut pe cineva minunat."

Ce contrast între slujbă și înmormântare!

Slujba propune o ascensiune, înmormântarea o coborâre. Preoții descriu urcarea la cer, cioclii ascund în pământ. Cei dintâi evocă lumina, cei din urmă o sting. Chiar dacă imaginația noastră vizualizează înălțarea, ochii nu văd decât căderea.

Chiar dacă o slujbă de înmormântare tulbură, ne și fortifică fiindcă rămâne plină, însuflețită, clocotind de cuvinte și de muzică, saturată de emoții, povestiri, regrete, speranțe. În schimb, înhumarea ne aduce la marginea nimicului.

Pământul despicat, obscen, luat prin surprindere. Carnea lui portocalie, intimă, umedă, alunecoasă, dezvelită brutal, expusă în interiorul gropii, diferită de pielea brună a suprafeței. Groparii au violat pământul. Împrăștiate pe o targă, lopeți și târnăcoape, armele atentatului lor.

Se aud scârțâind pneurile unei mașini foarte grele. Dricul sosește strivind pietrișul. Liniște. Vehiculul este privit cu groază, de parcă ar conține nu un cadavru, ci puterea de a aneantiza.

Patru tineri zvelți, îmbrăcați în negru, ridică sicriul. Mama să fie? Ea să fie cea care nu mai e? Pare să cântărească atât de puțin...

Trec niște sfori groase pe sub sicriu, apoi îl coboară în fundul gropii. Zgomot de obiect lovit de pereți. Întorc capul. Să nu mă uit, altfel încep să țip. Să nu mă apropii, altfel sar în groapă. Oricum, nu mai zăresc nimic din spatele perdelei mele de lacrimi. În adâncul meu, pierdută și grăbită, se perindă o rugăciune.

Ai mei stau alături de mine: Bruno, Yann, Éric, Franck, Gisèle, Colombe, Tancrède, Florence, Catherine, Daniel. Un tot unitar. Sora mea, cumnatul meu, nepoții mei, verii mei, unchii și mătușile, de asemenea. Noi, cei vii, ne aplecăm spre ea, cea care nu a mai avut puterea de a trăi, și-i dăruim ultimul timp pe care i-l mai putem consacra.

Nu ți-aș fi spus niciodată „Adio" dacă nu m-ar fi obligat moartea.

Alături de sicriul ei a fost așezată urna în care se află cenușa tatălui meu. Cei patru bărbați pleacă bățoși, impozanți; unul dintre ei are un tatuaj a cărui margine trece de guler, pe pielea delicată și palidă a gâtului. Detaliul mi-l concretizează. Aș vrea să-i mulțumesc că își dedică tinerețea funeraliilor sinistre.

Groparii încep să închidă mormântul, aruncând în el bucăți mari de pământ, fără zgomot parcă. Ceea ce aproape că mă liniștește... Totul reintră în ordine, o ordine dureroasă, desigur, dar una ancestrală, ordinea care a hotărât ca, odată individul mort, rămășițele lui să odihnească în adâncul pământului.

Mama și-a încheiat sarcina de ființă omenească, iar noi ne-am îndeplinit-o pe cea datorată zilei de azi.

*

Un mormânt.

Ce e un mormânt?

O trapă care nu duce nicăieri. O ușă care se deschide către nimic. O suprafață care vrea să ne convingă de profunzimea ei. O amăgire.

*

Mormintele constituie urmele lăsate pe pământ de cei dispăruți.

Pentru a evita ca aceste urme să își ia zborul, sunt făcute din piatră.

Iar cimitirele sunt câmpuri de urme.

*

O urmă încetează să își mai asigure funcția dacă nimeni nu o mai citește.

Mă voi reculege la mormântul tău pentru a-ți mărturisi prezența.

*

Cine e într-un mormânt?

O ființă? un crâmpei dintr-un tot dislocat? praf? o amintire? Mama a fost înghițită de propriul ei cadavru.

Singurul sens al mormântului mamei este cel pe care ea însăși i l-a acordat: l-a cumpărat după moartea tatei, i-a dus acolo urna – în pofida protestelor noastre, tata optase pentru incinerare –, după care s-a înarmat cu răbdare. „Mă așteaptă acolo și mă voi alătura lui într-o zi", repeta liniștită, satisfăcută că respectase voința bărbatului ei, dar și că și-o impunea pe cea personală.

Acest mormânt i-a readus împreună. Nu-i reprezintă nici pe tata, nici pe mama, ci ilustrează iubirea părinților mei.

„Hai cu mine la cimitir să-l mai vedem pe taică-tău!" Însă nu mă dusesem să meditez alături de dala de granit cenușiu, în ciuda numeroaselor îndemnuri ale mamei.

„Hai cu mine la cimitir să-l mai vedem pe taică-tău!" N-am vrut niciodată să-l văd pe tata, nici la cimitir, nici în altă parte.

*

— Unde ești?

Iată prima întrebare pe care mi-o punea atunci când îi dădeam telefon eu, nomadul care peregrina din oraș în oraș, din țară-n țară.

Acum privesc atent cerul gol și întreb:

— Unde ești?

*

Unde să fie? în pământ? în cer?

Adevăratul ei refugiu va fi memoria mea.

*

În realitate, pe ea aș vrea să o consolez în primul rând, nu pe mine.

*

Umbrele care acoperă sfârșitul mamei...

Mă voi hotărî oare să le expun?

Rușinea îmi oprește pana.

*

În acea marți, 4 aprilie, dezertez de la Academia Goncourt. Deși îmi place prânzul nostru lunar, de la restaurantul Drouant, cu discuțiile sale pasionate în căutarea de talente literare, sarcină care ne stimulează altruismul – nu vorbim decât despre cărțile altora, niciodată despre ale noastre –, nu mă simt în stare să iau un tren pentru a ajunge la Paris, să discut inteligent, pe scurt, să mă comport de parcă nu m-aș târî.

Trimit un bilet celor nouă colegi ai mei, scriitori, camarazi, prieteni uneori, adunați în jurul mesei ovale.

Rapid, primesc cuvinte frățești din partea lor. Virginie Despentes, Philippe Caudel și Paule Constant își manifestă simpatia și afecțiunea prin scrisori generoase, pe care le recitesc pentru a păstra din ele căldura lor omenească. Tahar Ben Jelloun îmi trimite un mesaj scurt, ai cărui termeni mi se întipăresc în inimă și în care amintește „durerea și absența, marea tăcere și urmele“, invitând înțeleptul să învețe „răbdarea“.

Răbdare...

Cunoșteam răbdarea iubirii, am descoperit răbdarea durerii.

*

Să consemnez faptele. Să-i povestesc moartea. Să urmăresc adevărul. Să îndeplinesc un exercițiu de luciditate. Voi reuși oare?

Nu redactez un proces-verbal. Romancier, dramaturg, dotat cu o imaginație bogată, am ales să inventez povești în egală măsură din dragoste și din silă față de realitate. Dragoste, fiindcă oamenii mă inspiră. Silă, fiindcă nu descriu numai lumea așa cum este, dar și așa cum ar putea să fie, ba chiar cum ar trebui să fie. În aluatul realității, pun plămada idealului.

Sfârșitul mamei nu are nimic ideal în el.

Nici pentru sora mea, nici pentru mine.

*

„Tăcerea întreține traumatismul. Individul nu depășește traumatismul decât atunci când vorbește."

Notasem frazele acestea în Elveția, în timpul unui colocviu dedicat psihiatriei posttraumatice. Medicii semnalau că o posibilă vindecare se întrezărea imediat ce pacientul trecea în cuvinte ceea ce trăise și în care se recunoștea actor – erou sau victimă – a întâmplării.

Să transcriu aici sfârșitul mamei, chiar dacă îmi detest rolul.

*

Oare am precizat? Mă rog pentru ea de mai multe ori pe zi.

Mă rog să nu intre în panică în regatul în care a ajuns.

Mă rog să se plimbe fericită pe acolo, să fie bine primită.

Mă rog să nu își facă griji pentru noi, copii, nepoți, familie, prieteni, ființele la care ținea.

Mă rog, printre altele – și asta-mi sfâșie inima –, să simtă cel mai intens marea ei mulțumire, aceea de a se reîntâlni cu tata.

Poate că rugăciunile mele nu vor avea nici un efect, fie fiindcă nu influențează lumea aceea, fie pentru că nici nu există respectiva lume.

Oricum m-aș fi rugat.

Ce poți să faci când nu mai poți face nimic?

*

Cred în puterea credinței.

Ar mai exista iubire dacă n-ai crede?

*

A te ruga înseamnă, pentru unii, a-ți acorda prea multă importanță: te crezi capabil să modifici ordinea universului.

Rugăciunea respiră optimism, voluntarism, rezistență, angajare. Valorile mele. Să renunț la ele în fața morții? Cu siguranță nu.

E treaba morții să le suprime, nu a mea.

*

Povestea sordidă legată de moartea mamei? Iat-o.

Mama făcea o cură anuală la Aix-les-Bains, obicei care îmbina relaxarea și îngrijirile medicale. Duminică stătuserăm de vorbă la telefon și ne mărturisise, surorii mele și mie, că oboseala subită justifica oportunitatea vacanței. Luni seara, Stéphane, nepotul ei, o ajutase să își încarce automobilul cu care urma să plece a doua zi dimineață.

Începând de miercuri, sora mea și cu mine încercaserăm să dăm de ea, dar nu răspundea la telefon. Mi-am permis să insist și sâmbătă și duminică, înmulțind mesajele vocale și scrise. Degeaba! Am fost mai mult enervat decât îngrijorat, fiindcă mama nu folosea deloc telefonul mobil, accesoriu ce rămânea în fundul genții ei.

Luni dimineață, o echipă de la France Inter, postul de radio național, care pregătea o emisiune despre mine, a luat legătura cu sora mea, căreia deja îi luase un interviu cu acea ocazie, anunțând-o că nu reușea să o contacteze pe doamna Schmitt cu care stabilise un dialog telefonic. Cunoscând punctualitatea și seriozitatea mamei, sora mea a făcut pe loc legătura dintre respectiva scăpare și lipsa de răspuns la mesajele noastre, drept care a sunat la toate hotelurile din Aix-les-Bains până când a dat de recepționera care deținea o rezervare pe numele mamei.

— Doamna Schmitt nu s-a prezentat marți la noi. Și nu avem nici o veste din partea ei.

Florence a înțeles imediat. Cu inima zbătându-i-se-n piept, a luat rândul ei de chei și a alergat la mama, la două sute de metri de locuința ei. A fost mai întâi uimită să vadă mașina în parcare, apoi, sărind mai multe trepte deodată, a deschis ușa și a descoperit-o pe mama întinsă pe podeaua bucătăriei.

Era moartă de câteva zile.

*

Cine nu a auzit astfel de povești despre indivizi solitari, cărora li se găsește cadavrul mult timp după deces? Cine nu e indignat să afle că există copii care au lipsit în momentul morții părinților lor?

Mie mi s-a întâmplat. În mai multe rânduri am dezaprobat, înfierat, disprețuit pe acești ingrați sau indiferenți care își neglijează părinții. Astfel, în timpul episoadelor caniculare, pe când bătrânii cădeau ca muștele, îmi sunam mama zilnic și, ascultând știrile despre unele persoane care îi abandonaseră pe cei apropiați, eram în asemenea măsură scandalizat, încât universul mi se părea populat de monștri.

Uneori nu este vorba despre monștri, ci despre circumstanțe.

Chiar și dând dovadă ce cea mai serioasă voință și de cea mai sinceră dragoste, un copil poate să nu știe ce i se întâmplă mamei lui. În cazul nostru, conjunctura îndreptățea faptul ca sora mea să nu se fi alarmat. Credeam că mama era la Aix-les-Bains, preocupată de tratament, obligată să respecte orele de masă, lăsându-și telefonul să doarmă.

*

Timp de mai multe ceasuri, pe când Florence, alături de rămășițele pământești ale Mamei, consolată de Alain, aștepta medicul și pe cei de la pompe funebre, mintea noastră ne servea iar și iar o scenă atroce: mama agonizând zile întregi, nădăjduind într-un ajutor care nu mai venea.

Groaza de a ți-o închipui supusă unui asemenea supliciu.

Vinovăția.

În sfârșit, la ora 19, medicul a dat asigurări că moartea fusese fulgerătoare. Inima i se oprise, iar ea se prăbușise. Totul nu durase decât câteva secunde.

„Nici nu și-a dat seama. Probabil s-a gândit la un șoc vagal, din care avea tot mai des.“

Am încercat să glumesc prostește:
— Deci a murit exclamând: „Pe naiba! Iar?"

*

Doctorul ne asigură:
— Mama dumneavoastră nu a suferit.
Florence și cu mine dăm din cap ușurați.
Așadar, suferința ne este rezervată nouă?
Ne privim unul pe altul și din privirile noastre izvorăște aceeași hotărâre: o să ne descurcăm noi...

*

Diagnosticul ne-a liniștit atât de mult, încât am început să-l suspectez.
Nu cumva medicul ne-a spus ce voiam să auzim de la el? Nu cumva a pronunțat cuvintele care ne-ar fi incriminat cel mai puțin? Nu cumva ne tratase pe noi, nemaiavând cum să o trateze pe ea?

Mi-am deschis inima în fața surorii mele care, simplu, mi-a enumerat indiciile fizice care conduseseră la respectiva concluzie. Vorbea cu autoritatea profesiunii ei de biolog. Fără nici un dubiu.
— Cu-atât mai bine... cu-atât mai bine, am murmurat ușurat.
Uneori veștile bune strălucesc atât de tare, încât orbesc.

*

O întrebare mă frământă: cum de-am putut să nu simt nimic?

Cum de-am trăit o săptămână fără să-mi dau seama că mama mea adorată a părăsit lumea aceasta?

*

Mama a murit așa cum a trăit, în sprint.

Campioană a Franței la viteză, deținând timp de mai mulți ani recordul național, avea niște picioare care sfidau cronometrele și întorceau capetele bărbaților.

În copilărie, eram pe deplin conștient de puterea erotică exercitată de picioarele mamei: nu doar că pășeam la înălțimea lor, admirându-le, dar observam și ocheadele trecătorilor și le auzeam remarcile. Prelungi, febrile, netede, fine, agile, bronzate, picioarele ei iradiau o îndrăzneală, o sălbăticie, o senzualitate care contrastau cu comportamentul ei rezervat și chipul blând.

Anii '60 iubeau picioarele femeilor. În fiecare toamnă, o întrebare zguduia Franța: până la ce nivel urma să se poarte fusta în anotimpul acela? Până la genunchi? Până deasupra genunchilor? Mai jos? Imediat ce se afla informația, mama, fie că-i plăcea, fie că nu, se repezea, odată cu alte mii de femei, la „mica ei croitoreasă“ pentru a reface tivul, a-l mări ori a-l scurta, pentru a străbate apoi cu mândrie, în sus și-n jos, trotuarele. Numai doamnele în vârstă nu schimbau nimic în ținute.

Mama a trecut foarte târziu la pantaloni. Dacă vara malul mării îi dădea dreptul la pantaloni scurți, pe cei lungi îi refuza fiindcă i se păreau „prea puțin feminini". Când a riscat s-o facă, la mijlocul anilor '70, tata a făcut crize de furie, de parcă l-ar fi înșelat sau ar fi purtat mustață! Drept care mama a perseverat, văzând în pantaloni un semn de emancipare, de luptă împotriva dominației masculine.

Deși de acord cu tata, n-am scos o vorbă, cu atât mai mult cu cât nimeni nu îmi cerea părerea.

O mamă frumoasă își umple băiatul de mândrie; o mamă campioană îi induce un orgoliu care se prelungește și dincolo de copilărie. La toate vârstele m-am lăudat cu performanțele ei: mama se dovedise cea mai bună în mod obiectiv, o demonstrau rezultatele, nu eu.

Desigur, la douăzeci și șapte de ani mama nu mai alerga, însă străbătea neîncetat străzile Avignonului împreună cu mine, în timpul festivalului, pentru a vedea unul după altul spectacolele, deci nu se lăsa.

Mama a fost mereu perfect sănătoasă. Nu s-a înclinat de vie în fața morții. A căzut dintr-odată. Ca o luptătoare. O adevărată carieră de campioană: o mie de curse câștigate și una singură pierdută.

Cea din urmă.

Permițându-ți să înțelegi expresia „viu sau mort". Mama a fost vie până când a murit.

Moartea nu a avut de ce să o apuce până în dimineața aceea de marți când, într-o fracțiune de secundă, i-a înfipt harponul în inimă. Moartea a fost obligată să își facă treaba scurt, curat. Nu ca o leneșă care s-o ia pe ocolite, nu ca o sadică rănindu-și iar și iar victima, nu ca o perversă care torturează la nesfârșit, nu ca o vicioasă căreia îi place să își savureze victoria prin suferințele și spaima adversarului. Cu mama a fost constrânsă să joace cinstit: o lovitură, una singură, lovitura fatală!

Campioana Franței anului 1945, Jeannine Trolliet, căsătorită Jeannine Schmitt, femeia cea mai rapidă la 120 de metri, cu un timp care nu a fost depășit timp de douăzeci de ani, atleta cu picioare glorioase, a sărit în moarte obținând un nou record de viteză.

*

Adesea, moartea te prinde de mai multe ori.

Înfumurata asta se umflă-n pene prin lume sub forma bolii, a slăbiciunii, a decrepitudinii. Ajunge să se facă dorită, tocmai ea, indezirabila, când face viața feroce, odioasă, insuportabilă, când, pentru victima ei, zilele se confundă cu nopțile, iar orele se scurg unele după altele deprimante, sterile, goale; da, când și-a torturat îndeajuns prada, pare o soluție.

Moartea care ușurează! Ce ironie!

*

E un dar această moarte subită, sunt convins...

Deși moartea mamei mă deprimă, totuși mă bucur: promptitudinea plecării îi îndeplinește dorințele. Mama se temea de dependență, de spectacolul degradării, de îndelungata internare în spital, de agonie, de interminabila agonie pe care trebuise să o îndure tata. Moartea fulgerătoare a ținut-o departe de toate anticamerele cimitirului.

Și pe noi, de altfel. Nu am fost nevoit să dau de mama în ținută de condamnată, în cămașa aceea de spital care nu acoperă cum ar trebui pudoarea; s-o văd cu brățara aceea de internare care o prefigurează pe cea de la morgă; nici s-o văd aparținând altora, medicilor, asistentelor, infirmierilor, nici cum trupul îi este lăsat pradă durerii ori redus la un simplu obiect medical. Nu a trebuit să o împart, să o deplâng, să o găsesc într-o condiție sub cea firească a ei, nu am cunoscut-o decât puternică și vie.

*

O moarte bruscă e dulce ca mierea pentru cel care pleacă și adevărată otravă pentru cei ce rămân. Dacă face economie de calvar pentru cel lovit de ea, lasă în schimb apropiații în stare de șoc, clătinându-se, buimaci, împovărați. Abia venindu-le să creadă, se obișnuiesc greu cu ideea acelei anihilări, eșuează în încercarea de a înregistra realitatea nimicului.

Invers, agonia a fost concepută pentru cei vii, nu pentru cel care moare. Dacă înnebunește pacientul, somează în schimb familia să accepte moartea, uneori chiar să o cheme în gând.

Mi-am putut spune „Tata trage să moară“, i-am putut înțelege martiriul, admira curajul, primi apoi moartea lui ca pe o eliberare și pentru el, și pentru noi. În schimb, nu mi-am zis „Mama trage să moară“; într-o dimineață, am zis „Mama a murit“.

Mama era muritoare, dar nu a fost niciodată muribundă.

*

Traversez zile cenușii.
Nu mai sunt cu adevărat acolo unde sunt.
Oriunde m-aș duce, plec înainte de a fi sosit.

*

În ziua în care am aflat de moartea mamei, i-am spus Maïei, fiica mea, care mă ținea afectuos de mână:

— Voi încerca să nu plâng. Nu i-ar fi plăcut să plâng.

Dar, vai, mă tem că am fost un fanfaron.

*

Nu ajung la nivelul pe care l-ar fi nădăjduit mama, fiindcă izbucnesc în lacrimi imediat ce rămân singur.

Și, de fiecare dată, mă cert: „Urmează-i exemplul. Nu a știut ea, oare, să-i supraviețuiască tatălui tău? Și totuși îi purta o dragoste la fel de mare ca a ta."

Amintirile ies la suprafață... Îl văd pe bunicul, François, cu ochii negri ca ai ei, cu privirea mângâietoare ca a ei.

Îl adoram. Îi apreciam umorul, bonomia, formele rotunde – Buni, iubita lui necondiționată, preciza: „Nu e gras, e un bărbat frumos!" –, pantalonii pufoși de flanel, cămășile albe ca laptele, parfumul care aducea laolaltă ambra și lavanda, mustața care mă gâdila când mă săruta, mâinile delicate și minuțioase la care eram atent în orele în care reparau sau fabricau bijuterii. Prin degetele lui au trecut adevărate averi, însă el, simplu meșteșugar bijutier-montator de pietre prețioase, nu s-a îmbogățit.

Și vorbele, și tăcerile lui erau corecte. Totul stătea în picioare. Niciodată un cuvânt în plus, niciodată o tăcere în plus. Nu își înceta niciodată munca decât pentru a se distra cu nepoții, meșterind păianjeni falși pe care-i agăța de un fir transparent, făcând să apară de după un chepeng sau o ușă monștri confecționați din mături ori cârpe. Țipam de frică, pe urmă râdeam încântați că venerabilul nostru bunic consacrase atâta timp ca să ne pregătească acele surprize. Îi plăceau la nebunie pisicile și, chiar dacă Buni și cu el nu aveau nici una în apartamentul lor încăpător din Croix-Rousse, găsea mijloacele de a împrumuta de la vecini, ba chiar de a salva pui abia fătați, iar într-o zi m-a învățat să mă joc cu felinele acelea. Le admira cu aceeași dragoste ca mine și eu acceptam cu drag să mă bucur de tandrețea lui împreună cu ele.

La șaizeci de ani, o insuficiență cardiacă l-a răpit pe omul acela căruia îi purtam mai mult decât lui tata o iubire senină, fără nori. Nu-mi amintesc s-o fi văzut pe mama izbucnind în lacrimi, ci doar că am auzit, după un început de suspin, o ușă trântindu-se, dincolo de care s-a închis. Dacă mama vărsa litri de lacrimi la filme ori piese de teatru, nu-și pierdea niciodată cumpătul în fața realității.

În zilele dintre moartea și înmormântarea bunicului, am plâns în hohote de dimineața până seara, mai-mai să mă sufoc. Părinții m-au ajutat, pe urmă m-au privit cum plângeam, în tăcere, cu empatie, cu consternare, ba chiar siderați fiindcă – mi-a povestit verișoara mea – erau îngroziți în fața unei asemenea dovezi de deznădejde la un copil de zece ani.

În ziua înhumării ni s-a cerut celor trei nepoți – Florence, Christine și cu mine – să rămânem în holul apartamentului, unde era cadavrul înainte de a fi depus în sicriu. Lucru care m-a adus pe culmea disperării. Deși bunicul se odihnea întins la numai câțiva metri de mine, eram împiedicat să mă duc alături de el. Am urlat. Am bătut din picioare. M-am izbit de pereți. Cei mari au alergat să-mi explice de ce mi se refuza dreptul de a pune mâna pe bunicul:

— Nu mai este el.

— E mai bine să rămâi unde ești.

Mama s-a întors tulburată, nu de mine, ci de ce a zărit în încăperea interzisă. Încetasem imediat să mai oftez și o luasem de mână ferm, liniștit, consolator, ca un soț. Mi-a aruncat o privire uluită. Atitudinea mea reflecta ceva nou: „O să am eu grijă de tine, Mămico." Mi-a înțeles mesajul, iar mâna ei s-a relaxat, prinsă de degetele mele. Câteva secunde mai târziu, i-a zis tatei:

— Paul, ia-le pe mama ta și pe Florence până la cimitir. Eu îl iau pe Éric în mașină cu mine.

— Sigur?

— Éric vine cu mine.

Flatat de acel „Éric vine cu mine", am dat din cap în direcția tatei, gen „ai încredere-n mine".

Acesta și-a arătat fățiș mirarea, a stat pe gânduri, a cerut de mai multe ori confirmarea a ceea ce-i spusese mama, apoi s-a înclinat în fața deciziei ei.

Călătoria noastră, a mamei și a mea, a început în tăcere, în Renaultul 4 căruia-i zăngănea caroseria și care urma dricul pe străzile în pantă. În pragul crizei de nervi, mama conducea cu mișcări bruște, apostrofând prioritățile, semafoarele, limitatoarele de viteză, rapiditatea ori lentoarea automobiliștilor; ura lumea-ntreagă.

— Te rog să mă ierți că am plâns atâta, mămico. N-am înțeles că asta te-a împiedicat pe tine să plângi. E tatăl tău înainte de a fi bunicul meu. Îmi pare rău, am fost egoist.

În pofida furiei, ochii i s-au înrourat și s-a întors spre mine.

— Ai dreptul să plângi, Éric.

— Da, dar tu nu plângi.

— Dacă aș plânge, aș plânge prea mult.

— Înțeleg.

— Și-apoi, lacrimile nu fac să plece durerea.

Patruzeci de ani mai târziu, încerc să-i urmez sfatul și să fiu la înălțimea ei: îmi șterg fața, îmi suflu nasul și arunc batistele de hârtie la coșul de gunoi.

Lacrimile nu fac să plece durerea.

*

Zilele se adaugă, unele după altele. Fără ea, sunt asemănătoare.

*

Editura mea, Albin Michel, tocmai mi-a salvat viața: a fixat o dată la care trebuie obligatoriu să predau volumul la care lucrez. Pierre Scipion, directorul literar, nu a mai amânat:

— Mai ai cinci săptămâni.

Închid telefonul, pulsul îmi crește, gâtul mi se usucă, mâinile îmi tremură; n-o să reușesc niciodată!

Azi am reluat redactarea textului *Răzbunarea iertării*. Spre marea mea surpriză, am reușit. Mai stupefiant: în seara asta mă simt bine.

*

Munca salvează.

M-a smuls mereu din propriile-mi marasme.

Nimeni n-o știe mai bine decât Bruno, care mă observă de treizeci de ani încoace.

Mă întreb dacă nu cumva el se ascunde în spatele apelului lui Pierre Scipion.

*

Nu sunt singurul care scrie: trăiesc laolaltă cu personajele poveștii mele.

Când scriu, nu mă rătăcesc: o iau pe calea schițată de poveste.

Când scriu, nu merg pe ocolite: ascult de ordinele cărții care se impune.

Când scriu, nu mai sunt supus egoului meu: devin atent la ceea ce nu însemn eu.

*

— Nu ai primit semne de la mama ta, după ce a murit?

Cobor privirea și încremenesc, pentru a-mi ascunde amărăciunea.

— Nu.

— Mie a mea mi-a trimis. Uite...

Și interlocutorul meu revarsă întâmplări – un tablou care cade de pe perete, cartea care se deschide la o pagină revelatoare, melodia preferată care se aude la radio – cu fervoare, zel, fără a bănui că mă jignește. Nu-l mai ascult. Nu am urechi pentru acest gen de confidențe.

În realitate, fierb de mânie.

Nu doar că mama nu mi-a dat nici un semn de viață după ce a murit, dar nici vreun semn de moarte nu mi-a dat – în săptămâna când a dispărut, nu am detectat și nu am ghicit absolut nimic.

Și asta mă rănește aproape tot atât cât plecarea ei: îmi închipuisem că suntem intim legați.

*

Înțeleptul repetă că nu avem decât o singură certitudine, aceea că murim.

Or habar nu am din ce este alcătuită moartea. Și desfid pe oricine ne-ar învăța asta, suspectându-l atât pe acela care ne anunță neantul, cât și pe cel ce-mi promite paradisul.

Unica mea certitudine ține deci de un lucru incert.

*

Adevărata înțelepciune nu înseamnă să ai certitudini, ci să te obișnuiești cu incertitudinea.

*

Cred.

În linia convingerilor mele, nimic nu spune ceva despre lumea de dincolo. Pur și simplu, cultiv credința. Credința în misterul care ne-a făcut să existăm. Credința în viață. Credința în moarte.

Cum viața a fost o minunată surpriză, moartea va fi o minunată surpriză. De ce fel? N-am nici o idee!

Didier Decoin, credincios la fel ca mine, mă întreabă:

— Credința te ajută să depășești durerea de a-ți fi pierdut mama?

— Deloc.

— Nici pe mine.

Ne privim îndelung, amuțiți, fraterni, aproape goi unul în fața celuilalt. Lipsa ființei iubite ne chinuie aici, pe acest pământ.

*

Credința nu este cunoaștere, ci un fel de a te instala în ignoranță.

*

Absența ei are atâta prezență!

*

La birou, Daniel îmi întinde un articol decupat din presă, care poartă acest titlu: „Mama dramaturgului Éric-Emmanuel Schmitt a murit."

Mă prăbușesc. Tocmai mi-a fost răpită a doua oară.

Îngrozit de reacția mea, Daniel protestează:

— Citește articolul. E foarte cald, foarte binevoitor, pozitiv!

Îmi curg lacrimile, fără a îndrăzni să formulez gândul copilăresc care mă doboară: Mi-aș fi dat întreaga celebritate pentru a-mi putea păstra mama.

*

De obicei, simțea de la distanță când îmi era rău. Și eu la fel. Și-atunci ne sunam unul pe celălalt.

Ar fi trebuit să-i percep moartea!

Nu înțeleg... Orbirea și surzenia mea pun sub semnul întrebării concepția mea privitoare la dragostea noastră.

Să fi fost o iluzie?

*

După plecarea mamei, am început să am o durere la piciorul drept. În câteva săptămâni, aceasta a ajuns un handicap. Merg cu efort; mi-e greu să stau în picioare; noaptea, încerc cu disperare să găsesc o poziție nedureroasă.

Alain G., medicul meu curant, îmi prescrie un set de analize, mă trimite la un specialist, însă adaugă afectuos:

— De la moartea mamei tale, nu mai vrei să mergi înainte!

În anumite momente, mă apasă cumplit sastiseala. Și-atunci îmi doresc ca totul să se termine. Să se termine cu durerea sufletului, să se termine cu durerea trupului.

*

Radiografiile și RMN-urile nu explică originea durerilor de genunchi.

Medicul care mi le interpretează mă sfătuiește să îmi corectez poziția cu ajutorul unui fizioterapeut.

Aici deci mi se oprește periplul medical: tata era de meserie fizioterapeut, ceea ce mi-a făcut dintotdeauna imposibil recursul la fizioterapeut.

Șchiopătez și nu-mi pasă.

*

Cartea mă acaparează. Sunt eu însumi uluit: nimic nu mă împiedică să creez, nici o împovărare, nici o inflamare. Scrisul aduce vindecarea.

Cum se descurcă aceia care nu beneficiază de așa ceva?

*

Deși în dimineața aceasta mă simt rău, sunt constrâns să-mi părăsesc cele trei crisalide – casa, munca, durerea – pentru a mă avânta până în Lorena pentru a interpreta de unul singur, pe scenă, *Domnul Ibrahim și florile din Coran*. Unde voi găsi energia de a încarna pe cineva, eu, care nu mai locuiesc în propriu-mi corp? Voi reuși să insuflu viață personajelor, din moment ce nu mă gândesc decât la moarte?

Urc în tren cu umerii căzuți, cu picioarele de plumb, de parcă aș fi expediat la abator.

*

Scena este teatrul miracolelor: trecutul devine prezent, șchiopul nu mai șchioapătă, moartea se ridică pentru a saluta, iar eu spun povestea domnului Ibrahim și joc personajele alergând de la un capăt la altul al spațiului scenic. Încă de la primele cuvinte – „La treisprezece ani, am spart purcelușul de porțelan și m-am dus la fetițe" – îmi revin puterile și genunchiul e ca anesteziat; starea de grație a scândurii mă face să am patruzeci de ani, apoi treizeci, apoi optzeci, vârstele eroilor mei.

Publicul mi-a mulțumit în picioare, așa că ajung încântat în culise. Unde mă aștepta un cadou.

Chantal, o cititoare din Nancy, cu care întrețin de douăzeci de ani o legătură frățească, țesută din întâlniri și scrisori, vine însoțită de prietenele ei, care o ajută să se deplaseze în fotoliul rulant. Imediat ce-i zăresc figura nobilă, deschisă, zâmbitoare, ochii luminoși, mă cuprinde un val de bucurie. Făptura ei nu răspândește decât vibrații pozitive și tandre. În sinea mea îi spun „îngerul meu în cârje".

Pălăvrăgim un pic, lăsându-ne în voia bucuriei de a ne fi reîntâlnit. Este evident că ne producem unul altuia același efect benefic, insuflându-ne energie.

În clipa în care îmi iau la revedere, pentru a mă întoarce la Bruxelles, mă prinde de mână.

— Am un mesaj de la mama dumneavoastră.

Mă albesc la față.

— Poftiți?

— M-a rugat să vi-l transmit după ce nu va mai fi.

Îmi amintesc că mama s-a întâlnit cu Chantal de mai multe ori, în timpul repetițiilor generale ale pieselor mele. Buzele îmi tremură. Chantal mă strânge mai tare de mână.

— Aveți grijă de dumneavoastră. Menajați-vă. Nu vă spetiți muncind. Gândiți-vă la dumneavoastră.

Mă cutremur. Exact cuvintele mamei. „Ai grijă de tine.“ De câte ori ne încheiam o conversație, îmi dădea acest sfat de nuanța reproșului, îngrijorată că înșirui unul după altul șantierele, fără pauză, că amân vacanțele, că prea multe responsabilități îmi apasă umerii.

Reacționez în fața lui Chantal la fel ca în fața mamei:

— Par eu obosit?

Exact ca mama, Chantal are ochii plini de afecțiune, nu răspunde, apoi repetă:

— Aveți grijă de dumneavoastră.

O îmbrățișez și mă întorc la mine în cabină pentru a mă lăsă în voia emoției. Mama prevăzuse că aveam să umblu prin lume lipsit de ea și, din precauție, ca Tom Degețel care își însemna drumul cu pietricele, lăsase instrucțiuni celor pe care-i frecventam, pentru ca privirea ei iubitoare îndreptată spre mine să supraviețuiască pentru totdeauna.

*

Cartea va fi în curând gata, încep ultima povestire, „Desenează-mi un avion“.

Imediat ce-mi înfulec micul dejun, mă așez la birou și lucrez zece ore la rând, dacă nu mai mult. Noaptea, corectez paginile deja scrise.

Am răbdare cu pasiunea; nimic nu mă costă mai mult, într-atât fiecare etapă a scriiturii îmi solicită dorința.

Seara, rupt de oboseală, clătinându-mă uneori, mă tem ca nu cumva a doua zi să eșuez. Dar dimineața cartea mă cheamă și-mi descopăr noi puteri pe care să i le consacru.

O viață de creație nu se dovedește una de dominație, ci de sclavie. Dai totul din tine operei care vrea să se nască.

*

Astăzi, revizuind primele trei povestiri din *Răzbunarea iertării*, o rază de lumină a țâșnit dintr-odată: știu ce s-a întâmplat în ziua în care a dispărut mama!

Sunt sigur, fiindcă am verificat în agendă modul în care am petrecut acel timp, precum și mesajele care, pe la miezul nopții, i le-am trimis lui Gisèle și care conțin cele lucrate în respectiva zi.

În marțea aceea în care mama s-a prăbușit în bucătărie, mă aflam la Paris, singur, și scriam.

Ce? Un text care prelungea povestirea în curs de realizare, „Domnișoara Butterfly“, un text venit de la sine și care mi se impusese:

Dragă mamă,

Poate nu voi mai fi pe această lume când vei primi scrisoarea asta. Am fost diagnosticat cu o deficiență foarte gravă a rinichiului – a ambilor rinichi. Eu, care nu știam nimic despre aceste organe, am învățat pe propria piele că ele joacă un rol esențial în corpul nostru și, dacă își pierd eficacitatea, viața noastră se năruie. E atât de adevărat, mamă! Pe zi ce trece mă împuținez... Nu doar că îmi vine greu să mă hrănesc, dar nu mai am poftă. Aștept. Ce? Nu știu. Un transplant, propun medicii. Moartea, fără îndoială.

Mamă, aș vrea doar să îți spun că te iubesc. Îți datorez totul. Mai întâi, viața, pentru că m-ai purtat în tine, în brațele tale, la sânul tău, când nimeni nu mă dorea. Pe urmă, iubirea; nu ai fost decât dăruire, devotament, surâs, avânt. Din bunătate, ai consimțit până și să mă lași să te părăsesc, ceea ce îți frângea inima, gândindu-te că trebuie să devin un „mare domn de la oraș“. Iartă-mi plecarea. Iartă-mă că m-am întors așa de rar. Iartă-mi îndepărtarea.

Pe patul de spital, mă refugiez în amintirile noastre. Ele mă liniștesc. Mă văd de mână cu tine, coborând pe pășuni, înconjurați de Gust și de capra Blanquette, cei doi prieteni ai tăi încă mai nebuni, mai veseli, mai entuziaști decât noi, toți patru îmbătați de fericirea de a ne dezmorți picioarele, de a respira aerul încălzit de soare, de a saluta primăvara. Ca și cum am fi avut dreptate să ne bucurăm de o nimica toată. Fiindcă nimica asta toată era totul. Să inspiri, să expiri, să observi, să te minunezi. Ce înțelepciune! Eu, care am avut de-a face cu atâția oameni eminenți, finanțiști, politicieni, ideologi, savanți, descopăr că tu, Gust și Blanquette îmi dădeați niște lecții de neînlocuit. Să te miri că există. Să mulțumești. Să cultivi bucuria, cu orice preț.

Mi-ați fost cei mai buni profesori de viață, și chiar de filozofie, chiar dacă nu m-am purtat la înălțimea învățăturilor voastre. Mai târziu, m-am rătăcit un pic prin labirintul sofisticării, am încercat să mă asemăn cu spiritele amare, cele care preferă dezgustul jubilației, pesimismul optimismului, moartea vieții. Când veneam cu vreo observație ursuză, cinică, nihilistă sau disperată, mă aplaudau și îmi dădeau o diplomă de clarviziune. În starea mea actuală de slăbiciune însă, ceea ce m-au învățat se reduce la o grămăjoară de praf, și nu găsesc putere și lumină decât gândindu-mă la voi trei.

Gust... Blanquette... Crezi că regăsim, acolo sus, animalele pe care le-am iubit? Eu sper atât de mult... Sunt convins că ele ar face și imposibilul pentru a mă revedea, că ar aștepta credincioase ani la rând, înfruntând frigul, necunoscutul, singurătatea, descurajarea, pentru a se repezi înspre mine, cu botul cald, coada vioaie și ochii mijiți. Ne vom strânge unii în alții la nesfârșit. Dacă așa e eternitatea, va fi frumos.

Te îmbrățișez, mămică, mamă scumpă, mamă fragilă și de fier, mamă căreia risc să îi provoc, fără să vreau, o durere imensă.

Fiul tău care te iubește[1]

Iată cuvintele care ieșeau de sub pana mea în ziua aceea... Dragostea unui fiu pentru mama sa... Cum ți-ai putea închipui că nu mama mi le inspirase?

Terminând textul, plângeam. Am vărsat deci lacrimi despre mamă și dragostea de mamă în ziua în care tu îți schimbai regatul.

Continuarea la „Domnișoara Butterfly" se arată încă și mai bogată în învățăminte: Mandine, femeia căreia îi este adresată scrisoarea, se sacrifică donându-și rinichii fiului ei bolnav.

Moare pentru el.

Moare...

În seara aceasta, răvășit, regăsesc baza credințelor mele: mama și cu mine eram legați prin intuiții superioare care sfidau distanțele. Contopirea noastră nu ținea de iluzie, dragostea noastră sfida spațiul, chiar dacă nu putea sfida și timpul.

Resimt o esențială și înflăcărată ușurare.

---

1. Eric-Emmanuel Schmitt, *Răzbunarea iertării*, Humanitas Fiction, București, 2019, traducere de Laurențiu Malomfălean. (N. tr.)

*

În curând, mă voi duce la Lyon, voi intra în apartamentul ei, voi scormoni prin sertare și-i voi găsi carnetele. Faimoasele ei carnete.

Mi-a dat întâlnire.

Întâlnire cu adevărul.

În sfârșit, voi ști...

*

Moartea a reînnoit imaginile mamei mele.

Atâta vreme cât s-a aflat în fața mea, reală, concretă, rămânea bătrâna doamnă plină de elan, căruntă, energică, chiar dacă gesturile îi erau calculate, adeptă a hainelor largi și a pantalonilor drepți care-i ascundeau formele ușor ofilite. Chiar dacă le purta cu demnitate, avea totuși optzeci și șapte de ani. Când mă gândesc la mama, așa o văd.

Moartea a eliberat-o de orice vârstă. Mi-o amintesc acum la fel de bine la treizeci de ani, la patruzeci ca la șaizeci sau optzeci. Își recuperează astfel conturul picioarelor, părul negru, bronzul de fetiță sălbatică, sclipirea buzelor cărnoase. În memoria mea, nu mai este prizoniera unei vârste anume, ci redevine femeia frumoasă, vioaie, înaltă, brunetă din copilăria mea.

Moartea mi-a redat tinerețea mamei.

*

Peste puțin timp, cartea *Răzbunarea iertării* va fi gata.

Mă tem să nu mă trezesc în fața vidului.

*

Încă din copilărie am trăit măcinat de spaima de a nu-mi pierde mama. Cea mai mică întârziere a ei îmi răscolea nervii fiindcă, fără excepție, o interpretam în cel mai dramatic mod. În loc să înțeleg că femeia aceea, grăbită, depășită, hiperactivă adăuga meseriei ei de profesoară pe cea de mamă de familie, de mii de ori, cum nu o auzeam intrând pe ușă, mi-o închipuiam răsturnată de un camion, prinsă între rămășițe de metal, strivită de un perete, ruptă-n bucăți de tren la o trecere la nivel – întrucât conducea impetuos, înmulțind acroșările, așa că toate acele halucinații ale mele aveau legătură cu accidentele de pe șosele.

Când apărea, grăbită, încărcată cu provizii, deja cu gândul la sarcinile următoare – spălatul rufelor și pregătitul mâncării –, nu bănuia ce stare de rău îmi provocase. Dacă îmi permiteam vreo observație benignă, de genul „Dar ți-a luat ceva timp“, exclama ingenuu:

— Cineva trebuie să dea de mâncare oamenilor și-n casa asta.

Mă repezeam, vrednic de plâns, să o ajut să ducă plasele și să le golească.

Nu a știut niciodată în ce măsură intram în panică atunci când nu era acasă, fiindcă, reușind să îmi ascund spaimele, o întâmpinam cu un surâs din nou senin, pe care îl traducea ca zâmbet de bun-venit.

Numai de două ori a dat de mine apatic, îndurerat, cu ochii injectați, în holul întunecos al vilei.

Eram îngrijorat, i-am explicat între două suspine, incapabil să îmi opresc noianul de lacrimi, liniștit și rușinat în același timp.

Impresionată, m-a consolat cu vorbe tandre, mângâindu-mă pe obraz.

Spaimele acelea mă oboseau, mă sfâșiau, mă consumau. Observându-le contrazise de fapte, le consideram exagerate, fără a reuși să mi le reprim.

Atingeau paroxismul în serile în care părinții plecau de acasă. O emoție zvâcnitoare mă dobora admirându-i așa frumoși cum erau, atât de complici, tata suplu și felin în costumul lui de culoare închisă, mama radioasă în rochia care-i dezgolea umerii superbi și picioarele lungi, cu fața luminată de bijuterii discrete. Îi admiram suferind fiindcă-i consideram diferiți, străini aproape. Sub privirile mele se deplasa un cuplu de îndrăgostiți, nu părinții mei. Descifram din gesturile ei cele mai delicate, din pleoapele coborâte, din capriciile ei fără cuvinte că încetase să mai fie mama pentru a se dedica rolului de iubită a tatălui meu. Și constatam că, la rândul lui, cu privirea fierbinte, cu un colț al gurii mai ridicat, o încuraja să se pisicească, extrăgându-și din asta un sentiment al puterii... Mă cutremuram când zicea „Jeannine“, inhalând sunetele, dând buzelor lui forma sărutului. Lucru care-mi plăcea tot atât cât mă deranja. Chiar dacă mă încânta, complicitatea lor mă și scotea din cadru. Mă simțeam minuscul, ridicol, nepotrivit. Un copil. Nimic altceva decât un copil.

Florence, sora mea cu cinci ani mai mare, considera serile acelea un noroc, le organiza și, după ce ne jucam tot felul de jocuri, dădea stingerea. Întins în pat, cu veioza aprinsă, mă consacram în sfârșit esențialului: așteptam. Cu trupul încordat, cuminte, cu mâinile încrucișate pe piept, așteptam. Cu atenția concentrată asupra zgomotelor străzii, așteptam. Sperând în fiecare secundă să aud cheia învârtindu-se în broască, așteptam.

Sosite anume pentru a-mi întrerupe concentrarea, mă invadau gânduri catastrofice: un dezaxat îmi asasina părinții, un incendiu devasta ringul de dans – renunțam la inventarul posibilităților automobilistice pentru violențe mai spectaculoase. După care încercam să-mi alung suferința reglându-mi respirația și reluându-mi activitatea principală: așteptarea.

Imediat ce auzeam clinchetul care-mi confirma întoarcerea lor și mă asiguram că nu urma să rămân orfan, mă întorceam pe burtă și adormeam pe loc.

Mai târziu, anxietatea aceasta nu s-a risipit, ci a luat forme mai succinte, suportabile... La douăzeci de ani, plecând de acasă, m-am obișnuit cu o distanță mai mare dintre mama și mine și cu o frecvență mai scăzută a întâlnirilor noastre. Totuși, după ce nu luam legătura trei sau patru zile, mă zguduia o izbucnire de neliniște și deseori, când suna telefonul, mă cutremuram brusc de teama unei vești dezastruoase.

M-a stăpânit toată viața groaza că s-ar putea ca mama să moară.

Acum, s-a terminat. Moartea ei a ucis frica de moartea ei.

Nu mai am de ce mă teme.

Era însă mai plăcut să trăiesc cu teroarea anticipării decât cu realitatea nimicului.

*

Am plâns deja de mii de ori moartea mamei, sunt obișnuit cu asta, am consumat-o dinainte.

E de mirare că mi-au mai rămas atâtea lacrimi.

*

Metamorfozele iubirii...

Încă din copilărie, dragostea pentru mama se materializa în obsesia de a nu o pierde.

Acum această dragoste înseamnă tristețe.

*

Nu m-am exprimat bine mai înainte. Nu mă temeam că voi rămâne orfan, ci să nu i se întâmple ceva rău mamei. Nu la mine, la ea mă gândeam.

*

Nu o mamă îmi lipsește, ea îmi lipsește.

*

Dacă despre mama nu am o primă, am în schimb, de acum, o ultimă amintire.

Cu câteva zile înainte de marțea fatală, m-am dus la Lyon pentru a-i sărbători în familie cei optzeci și șapte de ani. Ținuse să organizeze singură totul și, după ce a testat mai multe restaurante împreună cu prietenele ei, ne-a luat pe Florence, Alain, Thibaut, Stéphane și pe mine într-un loc ciudat, care abia se deschisese.

A arătat prea puțin chef și apetit la cină, repetând că regimul pe care avea să-l țină la băi pica la fix. Noaptea am dormit la ea, în camera pentru musafiri, și a doua zi de dimineață am plecat să prind un avion.

Ca de fiecare dată în ultimii cinci ani, am îmbrățișat-o în prag, dorindu-mi să o strâng puternic la piept, dar abținându-mă. Ca de fiecare dată când luam taxiul oprit în stradă, i-am trimis o bezea. Ca de fiecare dată, mi-a înapoiat-o de la balcon, din spatele hortensiilor rubinii. Ca de fiecare dată, m-am întors ca să o privesc, pe geamul din spate al automobilului, cum se făcea tot mai mică: nu se grăbea să se întoarcă înăuntru și fiecare gusta până în ultima clipă prezența celuilalt. Și ca de fiecare dată, mă gândeam că aceea putea fi ultima dată.

De la moartea tatei, timp de cinci ani m-am temut de acel moment. Sigur, condamnam strângerea de inimă, îmi reproșam acea dragoste atât de tracasată, dar adăugam *in petto* pentru a mă absolvi de vină: „Într-o zi va fi adevărat."

Așadar, a existat o ultimă oară.

*

Închei cartea *Răzbunarea iertării*.
Prima pe care nu o va mai citi.

*

Bucuria s-a dus. O dimineață de primăvară a făcut să plece bucuria. A rupt-o la fugă ca un animal sălbatic și nu știu unde s-a ascuns...

*

Mă înec. Munca mi-a ținut capul deasupra apei și descopăr că nu mai știu să înot.

*

Când mă trezesc, constat că nu, nu am avut un coșmar: de săptămâni, lumea a rămas goală de mama.
Acel scurt moment de speranță, când pleoapele se deschid în fața unei noi zile.
Toxică speranță...

*

Suferință: fericirea mea aparține trecutului, nefericirea prezentului.

*

Absența ei poate fi auzită în deplina tăcere.

*

— Cum te simți în perioada de doliu?
Incapabil să pătrund în doliu, mă rezum la durere.

*

„Niciodată."

Pentru întâia oară nu când *înțeleg*, ci când *resimt* acest cuvânt.

Nu o voi mai revedea niciodată.

*

— Există vreun remediu împotriva lacrimilor?

— Nu.

— Deci nu e o boală. Împotriva durerii sufletești există medicamente? Anti-durerice?

— Nu.

— Deci nici aceasta nu este o boală.

Lăsați-mă să plâng și să mă închid în durerea mea.

*

Când sunt întrebat „Ce mai faci?", răspund grăbit „Foarte bine", pentru a evita alte întrebări. Mă izolez.

Impresia de a fi ajuns la singurătatea definitivă.

*

Amputat…

Ceva care nu mai există continuă să mă distrugă.

*

Seară cu prietenii, la restaurant. La capătul mesei, afabil, tac apărat de zâmbet.

Oare nu-mi aud tăcerea care urlă?

*

Mă forțez să nu-mi impun durerea celorlalți.

— Ce mai faceți?

— Bună întrebare, vă mulțumesc că mi-ați adresat-o.

— Poftiți?

— Foarte bine. Fac foarte bine.

După-amiază, așezat în fundul unei cafenele, urmăream numeroșii clienți care-mi defilau prin fața ochilor. La fel ca mine, bărbații și femeile acestea au fost loviți de nenorocire – eșecuri, boli, pierderi de ființe dragi –, și totuși, cu capul sus, își văd de ale lor, glumesc, fac *impresie bună*.

A face *impresie proastă* înseamnă a-ți da multă importanță, considerând că emoțiile și gândurile tale pot invada spațiul public. A face *impresie proastă* înseamnă a mobiliza atenția tuturor, a-l constrânge pe fiecare să se confrunte cu tot ce poate fi mai întunecat. A face *impresie proastă* înseamnă a cultiva negativismul, a celebra tot ce e mai rău, dacă nu cumva chiar a-l face contagios.

Cavalerii tristei figuri sunt cădelnițați de anumite medii intelectuale. Condiție în care lipsa de educație trece drept îndrăzneală, absența empatiei indică geniul, complezența în fața răului pare cea mai ascuțită luciditate!

Nu am sesizat niciodată interesul de a-ți deprima apropiații ori contemporanii. Depistez în asta o lipsă de perspectivă. Despre doliu trebuie vorbit cu grija de a nu îndolia, trebuie să tulburi evitând să semeni o tulburare iremediabilă.

Am spus „trebuie" fiindcă despre morală este vorba și în viață, precum și în artă. Dacă este expusă o problemă, atunci trebuie oferită și amorsa unei soluții, unei căi.

Filozofia fără înțelepciune nu e decât ruina sufletului.

*

Gândul că s-ar întrista văzându-mă trist mă întristează încă și mai tare.

*

Cât mi-ar plăcea ca melancolia să se uzeze!

*

Moartea trebuie să fie contagioasă, fiindcă nu mă simt decât pe jumătate viu.

*

Durerea nu ridică, gârbovește. Departe de a ne întări, ne slăbește. Nu conduce către gânduri sublime, ci ne condamnă să nu mai gândim.

Durerea nu are nimic dintr-un privilegiu care înnobilează, ci dintr-un cataclism care mătură pământul.

*

Tăcerea se încăpățânează, nimicul se cramponează.

*

Moartea unei ființe dragi lasă după ea o mare tăcere și urme...

Unde sunt urmele în acest moment?

*

Lipsa va cântări întotdeauna mai greu decât plinul?

*

Moartea nu se leagă de trecut, ci masacrează prezentul și viitorul. În pofida puterii ei, moartea nu omoară nimic din cele de ieri, amintirile rămân intacte.

De acum, altădată mă atrage mai mult decât mâine, mă încălzește în timp ce viitorul mă apasă. Savurez din istoria mea revolută mii de clipe fermecate, mai ales că nu plănuiesc să trăiesc mai departe.

O singură excepție: carnetele ei. Carnetele pe care le voi putea citi în curând.

*

Amintirea înseamnă și timpul în care se găsește, și timpul în care nu se mai află.

Și-atunci mă dedau orgiilor memoriei pentru a o regăsi.

*

Să lăsăm amintirile să potolească durerea!

Să lăsăm amintirile să însuflețească durerea...

*

Da, mă repliez: dragostea mea melancolică devine secretă, intimă, fără exteriorizare prin fapte sau cuvinte. Ghemuită în mine, acaparează întreg spațiul.

*

Detest această amărăciune care ghicesc că nu va înceta nicicând.

Îndrăgesc această amărăciune, avatar al iubirii mele pentru ea.

*

Tristețea îmi dăruiește un spațiu de cult în care mă refugiez.

*

Uneori simt că singura consolare care-mi rămâne este de a fi inconsolabil.

*

Nu vreau să-mi lipsească lipsa!

*

În acest moment, numai amărăciunea mea mă face fericit. Adesea, alung oamenii pentru a o reîntâlni, tot așa cum te-ntorci acasă, în căldura căminului.

*

— Moartea mamei nu e asemenea unui accident, e ceva prevăzut, în ordinea firii, te aștepți să se-ntâmple. Ce poate fi mai normal?

Banalitatea nenorocirii nu o anulează.

*

Te consolezi atunci când ai pierdut ceva ce poate fi înlocuit. Dar când pierzi ceva unic?

*

Poți ajunge să vezi dispărând persoana de care ești îndrăgostit – cazul meu, la treizeci de ani –, apoi să te îndrăgostești de o altă persoană – tot cazul meu.

Deși fiecare individ e o singularitate, mai mulți pot susține același rol.

Însă rolul de mamă nu se dă altcuiva.

*

Ar trebui, poate, să dau o fugă până la Lyon, pentru a citi secretul pe care mi l-a lăsat în carnetele ei? Adevărul este că nimic altceva nu mă atrage.

Dar mă tem să nu provoc întrebările surorii mele...

*

Portul Honfleur.

Mă îmbarc pe vasul *Boréal*, cu care mama și cu mine făceam în fiecare an o croazieră. Am instituit acest ritual după moartea tatei, un ritual pe care chiar el ni-l sugerase și îl dorise:

— Ia-o pe Jeannine într-o croazieră, visează la asta și se va distra. Iar în timpul acesta, eu voi pleca într-o altă călătorie...

Îmi ceruse acest lucru când ajunsese la capătul puterilor, din patul în care îl țintuiseră paralizia și suferința. Își dorea să dispară și intuia – pe bună dreptate – că sfârșitul i se apropia. Derutat de mărturisirea lui, am ascultat de prima frază și nu am comentat-o pe a doua.

Mama și cu mine am întreprins un periplu, la o lună după decesul lui. Am ales cu grijă destinația: Islanda. Îndrăgostit de această țară pe care o vizitasem de mai multe ori pentru piesele de teatru sau pentru cărțile mele, am învățat să-i savurez toate stările. În fiecare moment al anului, insula cântă ca un adevărat artist: iarna, împrăștie o simfonie de albastru – apă, cer, gheață, zăpadă –, vara, o simfonie de verde – mușchi și licheni în tundră, mesteceni încovoiați. Bloc mineral țâșnit din Atlantic, situat într-un climat ingrat, rămâne sălbatică, puțin locuită, abia cultivată. Trei smocuri de iarbă sunt de ajuns pentru a declara că o întindere plană e un câmp. Pe înălțimi nu crește nimic, nici vegetale, nici animale – caii rămân de înălțimea poneilor –, iar un proverb local susține: „Dacă te-ai rătăcit în pădure, trezește-te.“ Pariasem că acel loc puternic îi va insufla mamei energie, iar odiseea noastră mi-a dat dreptate. Oricine dorește să simtă cum trăiește Terra, trebuie să meargă prin Islanda. Prins între focul interior și gheața exterioară, pământul respiră, pufăie, se despică, fumegă, scuipă apă caldă prin gheizere, vomită lavă prin gurile vulcanilor, înnegrește cerul cu cenușă. Înainte de a acosta la cheul din Reykjavik, navigasem printre insulițele dintre care unele nu țâșniseră din ocean decât de vreo doi ani. Plimbările ulterioare pe drumurile islandeze ne permiseseră să ne încărcăm de energie telurică.

Și uite că acum urc pasarela pachebotului fără ea. Destinația? Irlanda și Scoția. Sperasem să mă dispensez de escapadă, dar fusese negociată cu luni mai devreme, prin vânzarea a două conferințe ale mele și un spectacol. Era imposibil să scap. Spre norocul meu, m-am întâlnit cu niște prieteni, Bruno, Yann, dar și Karine Deshayes și Nicolas Stavy, care au dat un concert în timpul călătoriei.

Pentru moment, mă îngheață să intru în cabina vecină cu a ei, să trec pe coridoarele pe care o luam împreună, să urc pe punțile unde stăteam de vorbă întinși pe șezlonguri, să salut personalul care o cunoscuse.

*

Nu ar fi trebuit să mă hazardez urcând la bord. Totul mă crucifică: ea nu e aici și nu observ decât asta... că ea nu e aici.

*

Vârf al durerii în noaptea aceasta. Mi-aș fi dorit ca totul să se termine.

Din cabină, vedeam valurile dându-se la o parte din calea navei care înainta sistematic, cu obstinație, și cântăream absurdul propriei existențe. De ce să mai continui? Unde mă duceam? Nu numai că nu mergeam nicăieri, dar a face drumul care nu duce nicăieri nu mă mai interesa.

Am plâns până aproape de sufocare.

La miezul nopții, cum telefonul funcționează prost în mijlocul oceanului, am trimis câteva cuvinte celor la care țin. Mai întâi, pentru a-i chema în ajutor. Apoi, pentru a-i anunța că renunțam să mai trăiesc. Nu mi-a răspuns nimeni.

Am deschis geamul care dădea în balconul îngust, vântul înghețat m-a pălmuit, mirosul sărat al nopții m-a îngrețoșat, am contemplat apoi îndelung valurile, pândind clipa în care voi fi căpătat curajul de a mă arunca.

Am așteptat ceasuri întregi. Curajul însă mi-a lipsit. Mișcarea valurilor m-a hipnotizat încet și, în zori, am alunecat în somn.

În dimineața aceasta, epuizat, reînnod legăturile cu o viață mecanică: fac duș, mă bărbieresc, mă îmbrac. Deschizându-mi telefonul, constat că mesajele nu se trimiseseră.

Confuz, le șterg.

*

Astă-noapte, am sesizat complexitatea omenească.

Deseori lumea se miră că un individ matur, curajos, întreprinzător, obișnuit cu reușita se sinucide. „Nu era felul lui...“, auzi spunându-se atunci.

Ba da, tocmai acesta era! Fiindcă e stăpân pe viața lui, vrea să își ocolească suferința. Să mori ține de pasivitate, să te omori ține de ființa dinamică.

Ieri-seară, înțelesesem că, pentru a rămâne stăpân pe mine și a alunga durerea, era nevoie să mă suprim.

Nici disperarea, nici dezolarea nu mă împingeau spre moarte, ci logica, voința, gustul puterii.

Salvarea mea a fost că am rămas un om slab...

*

Adineauri, trezindu-mă, privirea ei s-a oprit asupra mea. Mama mă privea țintă, cu asprime, iar privirea ei furioasă mă invita să-mi fac datoria: cea de a supraviețui.

„Cel mai bun lucru pe care-l putem face pentru cei care ne iubesc este să fim fericiți", susținea filozoful Alain.

*

Excursie într-una dintre insulele scoțiene, Iona, din Hebride.

Am străbătut un cimitir milenar – cu buruieni împrejurul mormintelor de culoarea antracitului –, apoi am intrat într-o capelă strâmtă, din piatră roșiatică, datând din prima perioadă a creștinismului, solidă, încă-n picioare, deși atacată puternic de vânturi și de veacuri. Printre detaliile teologice, ghidul insular ne-a precizat că respectiva clădire avea o acustică excelentă.

Ne-am întors către prietena noastră, Karine Deshayes, mezzosoprană prezentă pe scenele Operei din Paris ori Metropolitan din New York.

— Te rugăm, Karine, cântă.

A ezitat o fracțiune de secundă, după care minunații ei ochi negri s-au îndreptat către tavan; după surâsul care i s-a schițat pe buze, am ghicit că glasul ei, că ea însăși își doreau să ajungă până la bolta capelei.

Karine a interpretat o arie a lui Rossini, cu un timbru pe cât de proaspăt, pe atât de rotund, cu suflul elastic, liniștit. Volute de lumină înfășurau pereții. Însorita Italie în atmosfera nordică.

Clipă de grație.

Am impresia că nici pietrele nu mai respiră, pentru a se apleca, uluite, în fața acestei femei. Biserica își recapătă forma rotunjită, redevenind cuibul care apără de violențele lumii, concentrându-ne asupra frumuseții și esențialului.

*

Muzica mă readuce progresiv la viață.

Astăzi, pe vapor, în pofida ruliului, Nicolas Stavy a cântat Liszt. M-a captivat *După o lectură de Dante*, apoi a treia *Consolare* m-a tulburat. Nu doar că după mi-am părut altfel – mai sensibil, mai viu, reînnoit –, dar mi-am și dat seama că acele titluri cărora, ca discipol al lui Mozart și Chopin, nu le dădusem nici o atenție, se dovedeau de o justețe copleșitoare. În *Divina Comedie*, Dante ne propune o călătorie în țara morților, care duce din Infern în Paradis, trecând prin Purgatoriu, lucru căruia Liszt a știut să-i inventeze echivalentul muzical întrucât, în timpul ascultării piesei, am trecut și eu prin acele gânduri și imagini. Cât despre *Consolare*, nici că ar fi putut primi un titlu mai bun, fiindcă m-a făcut să urc din tenebrele propriei tristeți până la exaltarea sentimentului de a exista.

*

La fel ca mine, Yann a urmărit cu pasiune, cu emoție, cu recunoștință interpretarea lui Nicolas, care ne înălța. Respiram sau încetam s-o mai facem amândoi odată, umăr la umăr.

Mai multe persoane totuși au părăsit sala în timpul interpretării. De ce? Fiindcă sunase ora cinei...

Mă siderează acest comportament. Sunt așezate ființe obișnuite în prezența ființelor extraordinare – Dante, Liszt –, grație interpretării unui mare pianist inspirat, iar ele se ridică pentru a nu rata primele porții!

Fără îndoială, ascultă cu burta.

Ce poate fi mai misterios decât insensibilitatea la muzică?

Sensibilitatea la muzică, poate...

*

Întoarcere pe pământ. Croaziera se încheie.

Suntem surprinși când ajungem pe sol stabil, invariabil, care nu ne fuge de sub tălpi. Ne-am recuperat picioarele care ni se par prea lente; mergând, avem sentimentul straniu că nu înaintăm, într-atât ne-am obișnuit cu o mobilitate continuă, căci, chiar așezați, chiar culcați, despicam mai departe apele oceanului.

Descopăr că șchiopătez tot atât cât înainte...

Nu contează, progresez. Episodul suicidar trăit în cabină m-a vindecat de orice ispită a sinuciderii. S-a-ntors o pagină.

Aseară, în ultima seară, în timp ce prietenii goleau cupele de șampanie – în frunte cu Karine –, i-am arătat lui Nicolas fragmente mâzgălite cândva despre Chopin. Le-a apreciat, am stat de vorbă, am trecut la pian și am hotărât să pregătim un spectacol care să aducă laolaltă muzica și literatura. Și iată că pofta de a scrie aproape că mi-a revenit, orientându-mă ușor către viitor.

Intru într-o nouă etapă a doliului. În care îl încep...

Până la urmă, croaziera, chiar dacă grevată de o durere intensă, m-a regenerat.

*

Trei câini își împart viața cu mine – dacă nu cumva eu îmi împart viața cu a lor, cine știe?

Fouki, Maiestatea Sa blănoasă, își găsește un tron oriunde-ar merge și vede în orice om un umil supus. Sălbatică și tăcută, liniștită și imperioasă, domnește firesc. Fără să clipească, dă ordine, obține, apoi se retrage. Suverana aceasta de origine japoneză, sublimă, distantă, nobilă, binevoiește uneori să își coboare pleoapele pentru a ne surâde, însă pentru scurt timp fiindcă se întreabă imediat: „Chiar merită considerația mea?“ Venită din nori, e de acord să trăiască printre noi și, când necunoscuții îi fac complimente sau încearcă să o mângâie, dă înapoi oripilată. „Stau aici și asta deja e destul, gata!“ Cu funde-n păr, sclipitoare, periată, ireproșabilă încă de dimineața, eleganta aceasta pășește cu grație, incapabilă de mișcări stângace ori neîndemânatice. Pe labele ei fine, se deplasează cu alura, distincția, ba chiar afectarea unei balerine. Evident, consideră îngrozitor să se găsească tocmai ea cea atât de frumoasă într-un univers atât de obișnuit, însă își compensează decepția prin sieste lungi, care o absorb în totalitate.

Totul îi aparține. La Bruxelles sau la țară, fiecare cameră devine camera ei, în care acceptă cu curtoazie să ne primească și pe noi, pentru noapte.

Ca marile doamne, și ea are o legătură secretă. Cu mine... Eu sunt alesul. Ținând ca acest capriciu să nu-i aducă atingere prestigiului, nu-mi mărturisește afecțiunea decât în spatele ușilor închise, când oameni și câini au părăsit împrejurimile. După câteva săruturi cu boticul, cere să mă descalț pentru a-mi linge suav picioarele. Incredibil: împărăteasa ascunde în ea o gheișă supusă! Am dreptul să o mângâi pe șira spinării, pe piept, între urechi, ba chiar să-i ating ușor pântecul cald, catifelat, alb. Tresare totuși imediat ce un intrus își face apariția și își reia poza aristocratică, afișând o seninătate blazată.

Ne-am întrebat multă vreme dacă nu cumva era surdă, atât de des nu dădea atenție chemărilor noastre, apoi, după ce am constatat, în timpul unor plimbări, că această formidabilă vânătoare auzea perfect și cele mai neînsemnate zgomote, am conchis că refuza să reacționeze la orice ar fi putut semăna a ordin. Pur și simplu.

În tinerețe, nu ieșea din acea rezervă decât când intra în călduri: normal, o regină trebuie să își ducă mai departe dinastia. La Bruxelles, un câine din cartier i-a servit drept consort, iar Fouki a născut șase cățeluși.

Doi au rămas cu ea, Daphné și fratele ei Lucien, zis Lulu.

Lulu, având toate caracteristicile unui shiba inu, a păstrat splendoarea mamei sale, la care a adăugat o veselie irepresibilă. Daphné, lipsită în parte de acestea, a înțeles că nu putea rivaliza cu frumusețea maternă și a trecut de partea inteligenței. Amândoi o adoră pe împărăteasa care i-a crescut foarte bine, dovedind-o cu rezerva pe care au moștenit-o. Cred că, pe limba câinilor, toți trei își vorbesc cu dumneavoastră.

Sunt tovarășii mei de joacă și de scris; zilnic, fie lucrez în birou la cărțile mele, în timp ce ei dorm pe perna lor, la picioarele mele, fie ne distrăm împreună în grădină. De comun acord, și-au asumat rolul improvizat de antrenori, obligându-mă la plimbări lungi prin pădure, episoade silvestre de care mă bucur tot atât cât ei.

Numai Fouki nu și-a manifestat empatia față de mine în clipa morții mamei, și continuă să nu o facă nici atunci când cedez, acum, crizelor de plâns.

Nu sunt supărat pe ea. De fiecare dată se uită lung la mine, părând a spune: „De ce te lași pradă unei asemenea stări? Doar sunt aici. Nu-i minunat? Ce poți cere mai mult de-atât?“

*

Și dacă are dreptate? Trebuie să reînvăț să degust prezentul.

Maiestatea Sa cățelușa mea îmi dă lecții de înțelepciune.

*

— Pentru doliu? Doi ani trebuie!

Cuvintele acestea mi se servesc până la sațietate, din martie încoace, și mă supără. Poftim? Durerea e un fruct care se coace și până la urmă cade? De ce mi-ar semăna suferința cu a celorlalți? Mama nu semăna cu nimeni și împărtășeam amândoi o legătură unică.

Doi ani!

Să nu mi se spună că timpul vindecă durerea. Consider timpul un dușman intim: el a făcut-o pe mama să moară.

*

Mă mut la Lyon pentru câteva zile: vom goli apartamentul mamei.

Fără a sta pe gânduri, am rezervat o cameră la un hotel, Villa Florentine, construit în Fourvière, care domină acoperișurile de culoarea somonului din Lyonul medieval, și de unde privirea îți poate zbura pe deasupra întregului oraș, până la orizont. Regăsesc aici senzații din copilărie și din tinerețe, când stăteam în Sainte-Foy-lès-Lyon, într-un imobil care oferea o asemenea panoramă, apoi din vremea când eram elev la Liceul Saint-Just, câțiva metri mai sus, o fostă mănăstire dotată și ea cu această perspectivă.

Perspectiva păsării... Mă delectez cu punctele de vedere elevate care prezintă lumea ca pe o scenă de teatru.

*

Adesea, lucrurile unui mort îmbătrânesc dintr-odată. La anunțarea decesului, ceva tern, uzat – un văl cenușiu – îi acoperă locuința. Nimic nu mai are strălucire. Instabile, desuete, inutile ori inutilizabile, bibelourile și ustensilele mărturisesc și ele că li s-a dus vremea; nu mai respiră vigoarea inocentă și colorată a noului.

Din contră, locuința mamei mele nu a fost niciodată atinsă de decădere. La intrare, senilitatea s-a văzut refuzată; cât despre medicină, nu și-a campat aici bastoanele, cârjele, cadrele ortopedice, rampele, măsuțele, ploștile urinare din plastic moale. Apartamentul se prezintă tineresc, curat, luminos, viteaz, ordonat. Fiindcă mama arunca la gunoi pe rând tot ce îmbătrânea, totul funcționează acum și are un aer sănătos. Chiar și prin vesela pe care o știam încă din copilărie, nu găsesc nici un pahar ciobit și nici o farfurie crăpată. Șifonierele și dulapurile confirmă diagnosticul: nici vorbă de îmbrăcăminte uzată, de prosoape roase până la țesătură, de cârpe de vase găurite, nimic fără rost, nimic aproximativ. În loc să golim apartamentul, mai bine-am deschide aici un butic.

Sora mea, verișoara mea și nepoții înlocuiesc clienții, servindu-se cu bucurie.

Între umplerea a două lăzi, mă așez pe un scăunel și mă gândesc la mama, care, încă o dată, nu mă dezamăgește. Își trata căminul ca pe o parte din ea însăși, cu rigoare, cu precizie. Timp de optsprezece ani, cât tata, paralizat, a rămas la pat, fusese constrânsă să primească la domiciliu infirmiere, fizioterapeuți, dar și femei pentru menaj și alt tip de ajutoare. Ea, care exclusese constant posibilitatea de a se ocupa altcineva de casă, tolerase acele imixtiuni numai pentru că îi permiteau să meargă la cumpărături sau să își facă gimnastica, fără a-l lăsa singur pe tata. Imediat ce acesta a dispărut, și-a reluat independența și, la optzeci de ani împliniți, când am rugat-o să mă lase să îi ofer eu posibilitatea de a-i face cineva menajul, a respins cu fermitate propunerea.

Drept care am văzut-o mereu spălând, călcând, făcând paturile, gătind, dând cu aspiratorul, frecând petele, făcând ordine în dulapuri, fără să se vaite, să ofteze ori să se întrerupă. Chiar dacă acel comportament se transformase în automatism, degaja și o morală: să faci curat însemna să respecți viața, să o menții, să o aperi de decădere, ba chiar să o înfrumusețezi. Cu o inepuizabilă răbdare, mama îngrijea realitatea care i se încredințase. În activitate ei casnică, la fel ca în inima unei rugăciuni, se ascundea un imn de mulțumire.

*

O voi recunoaște vreodată? Oficial, participasem la golirea apartamentului împreună cu Florence, Alain și Christine pentru a-mi îndeplini partea mea din datorie; oficios, urmăream un plan clandestin: găsirea carnetelor mamei.

De ani de zile, atunci când mergeam în călătorii sau când venea pe la mine, în timp ce eu scriam sau citeam, ea se așeza în apropiere, tăcută, și nota niște fraze într-un carnet.

Chiar dacă nu se ascundea scriind, nici nu vorbea despre asta. Presupuneam că ținea un jurnal, dar, din pudoare, nu i-am pus niciodată vreo întrebare. Uneori, la capătul unei pagini, ridica ochii, observa că mă uitam la ea și surâdea, cu aerul de a-mi zice: „O să descoperi tu într-o bună zi ce-i aici..."

Aproape că ajunsese un joc al nostru. Ca într-un ritual, se așeza undeva în fața mea, eu mă prefăceam că habar nu am cu ce se preocupă, apoi îmi arunca o privire amuzată, care însemna „Te-ntrebi ce scriu, da?", după care coboram amândoi frunțile de parcă nimic nu s-ar fi întâmplat.

De ani și ani, m-am întâlnit cu aceste carnete. Mama știa perfect că urma să le citesc cândva.

*

Aștept mult de la carnetele ei.

Sper mai ales dezvăluirea unui secret de familie...

Dintotdeauna am pândit anumite confidențe. Mama s-a retras fără să fi avut timp să ne spunem totul.

*

Găsesc un teanc de carnete!
Le strecor în geanta mea, ca un hoț.
Le voi citi diseară, la hotel.

*

O oră mai târziu, copleșit de remușcări, îmi întreb sora cu aer nevinovat:
— Mama scria când pleca în vacanță cu voi?
— Scrisori sau cărți poștale? Nu, rareori.
— Nu avea cumva niște carnete?
— Carnete?
Metodic, sora mea atacă un nou dulap, surdă la aluziile mele. Nu dezvălui mai mult, fiindcă mi-a validat teoria: mama nu își folosea carnetele decât alături de mine.
Îmi erau destinate, nu le-am subtilizat.

*

Sunt emoționat de primele carnete. Povestește în ele, cu umor tandru și distant, călătoriile noastre.
Un detaliu mă bucură: când evocă intimitatea noastră, utilizează numele *Éric*, dar când se referă la vreuna dintre prestațiile mele publice – conferință, interviu, emisiune – preferă *EES*.
Dacă își apreciază uneori fiul dând o reprezentație, nu ratează să noteze: „EES foarte în largul lui. Prea."

*

Nu am descoperit ce așteptam din acele carnete. Din următoarele, fără îndoială...

Mă apasă nerăbdarea. Am nevoie să elucidez un mister.

*

Mama scria perfect, stăpânind un stil liber, fluid, elegant. Lipsită de vanitate, nu aluneca în orgoliu și se înfiora dacă îi făceam complimente.

— Îmi place să scriu, îmi răspundea, cu ochii în pământ, ca pentru a-și cere iertare.

Multă vreme am crezut că rotunjimea frazelor ei decurgea dintr-un dat al spontaneității. Or, într-o zi, în timpul unei călătorii cu vaporul, a trebuit să trimit urgent câteva cuvinte despre George Bernard Shaw, destinate unei expoziții de la Biblioteca Națională a Franței.

Instalată în fața mea, în biblioteca navei, termina de citit un roman, pe când eu scriam la computer.

Încheind textul, aproape satisfăcut de cum se așezase în pagină, i-am propus să îl parcurgem amândoi. După ce m-a ascultat, a clătinat din cap.

— Drăguț, dar...

— Dar?

— Prima frază și a doua urmează aceeași sintaxă.

Am rămas cu gura căscată. Acea exigență care nu e proprie decât scriitorilor autentici, canon al operei pentru Colette, Flaubert sau Maupassant, mi l-a enunțat cu naturalețe, sobru, de parcă aș fi uitat să mă spăl pe mâini înainte de a mă așeza la masă. Așadar, relaxarea ei stilistică se dovedea pe cât de atent gândită, pe atât de instinctivă.

— Ce e? m-a întrebat jenată că o priveam atât de lung.

— Nimic...

— Ba da, ai un aer bizar.

— Doar îmi spun, pentru a relua una dintre expresiile tale favorite, că nu fată câinii pisici.

A roșit și a întors capul.

*

Turbez! Căutarea de carnete mă exasperează. Înjur gândindu-mă că nu le-am descoperit pe toate. Cu siguranță mama a consemnat într-unul dintre ele ce vreau să aflu despre nașterea mea.

*

Așezăm în cutii mii de volume, romane, eseuri, enciclopedii. Destinația? O bibliotecă și un club de lectură.

— Cum poate intra o asemenea cantitate de cărți într-un apartament normal?! am exclamat după-amiază, asudat, rupt de spate.

Sprijinită de perete, mama mi-a răspuns cu un zâmbet ștrengăresc:

— Nu fată câinii pisici.

*

Mă uit la albumele cu fotografii. Înainte să mă nasc, în 1960, oamenii trăiau în alb-negru. Eu am adus culoarea pe lume.

*

Moment crud. Dau de cărțile mele, pe care i le-am dedicat an după an; cele dintâi poartă indicația „Pentru părinții mei“, ultimele „Pentru Mămica“. Invariabil, când volumele soseau calde de la tipografie, le trimiteam imediat la Lyon.

Ochii pentru care am scris acele cuvinte s-au închis. În jur, pereții se clatină. Amețeala mă face să mă așez.

Buimac, mă străduiesc să-mi temperez emoția, reglându-mi respirația.

Degetele îmi tremură, strângând foile. Părinții mei nu mai există și, în mâinile mele, exemplarul cu dedicație cântărește mai puțin, se topește, se pulverizează.

Sora mea vine lângă mine, îmi observă mâhnirea, ghicește situația.

— Ar putea lua băieții, Stéphane și Thibaut, cărțile pe care nu le au? Pe vremea aceea, erau prea mici ca să li le dai.

— Bună idee.

— Dar pe celelalte... Nu, nu le dăm nici la club, nici la bibliotecă!

Îmi îndrept spatele.

— Le păstrez eu. Vor fi ale mele. Și-asta mă va schimba: nu le țineam la mine.

*

De la ferestrele mele, de la hotel, încerc să mă obișnuiesc cu Lyonul care se întinde sub ochii mei, mă străduiesc să-l iubesc pentru el însuși.

Himeră! Lyonul rămâne un mausoleu construit în jurul unei regine absente.

*

Vorbesc despre tine într-o limbă pe care tu m-ai învățat-o și pe care nu o mai auzi.

*

Christine, verișoara noastră, ne dă o bine-venită mână de ajutor. Nu doar că împachetează mai repede decât un muncitor breton specializat în mutări, dar păstrează și o anumită distanță față de obiectele pe care le repune în locul lor de obiecte, împiedicându-ne, pe mine și pe sora mea, să le împodobim cu valoare sentimentală.

*

De o săptămână stau de vorbă cu obiectele.

Evident, obiectele nu au decât înțelesul care li se acordă.

Totuși, deseori nu renunțăm la un obiect fiindcă nu vrem să renunțăm la înțelesul lui.

*

Cămășuța mea de botez...

O descopăr în fundul unei cutii, minusculă, albastră, intactă, în formă de lalea, între foi de hârtie japoneză.

Mama a păstrat-o timp de cincizeci și șapte de ani.

Ce e de făcut? Doar n-am să arunc un obiect de îmbrăcăminte pe care ea l-a păstrat cincizeci și șapte de ani?

O iau.

Ceea ce voi aranja mâine, acasă la mine, la țară, va fi dragostea mamei între foile de hârtie japoneză.

*

Întoarcere acasă, în Belgia.

De la Lyon am adus genți pentru cele trei fiice vitrege.

Când la așez pe o banchetă, câinii țâșnesc, entuziaști. Manifestând o bucurie extremă, îmi ordonă mai întâi din priviri, apoi cu un gest imperios din boturi, să scot ce e-n genți.

Nu înțeleg.

Trepidează, insistă, schelălăie, se apropie de genți. Cu precauție, dând din cozi, își bagă nasul înăuntru.

Totul se limpezește: au recunoscut gențile mamei după miros și, fiindcă aceasta scotea de fiecare dată dinăuntru jucării pentru ei, își așteaptă cadoul.

Mă duc lângă ei și adulmec gențile.

Nu simt nimic.

Cât îi invidiez că percep prezența mamei, când eu nu reușesc...

Se încăpățânează, gem, incapabili să accepte că acel parfum nu le anunță plăcerea. Încercând să-i potolesc, îi mângâi pradă unor sentimente amestecate, deplângându-i că nu sesizează ce înseamnă moartea, apoi, în clipa următoare, fiind gelos pe ei.

*

Din expediție mă întorc amețit. Carnetele, cel puțin cele pe care le-am găsit, nu ascund explicația privitoare la nașterea mea.

Cât timp va trebui să trăiesc, oare, cu această incertitudine?

*

În mijlocul oceanului, pe vapor, în cabina mea întunecată, în seara în care mi-am dorit să mă arunc în apă, decizia mea de a muri nu conținea nici o umbră de sinceritate: aparținea logicii.

Nu ținea oare de raționamentul pur?

„Fiindcă nu mai suport durerea, o voi suprima suprimându-mă."

Or nu m-am hotărât s-o fac – verbul „a hotărî" sună bine, deși „a se mulțumi cu" s-ar fi potrivit și mai bine.

Logica nu exprimă întreaga ființă omenească. Poate chiar rămâne o parte minimă a acesteia, dacă nu cumva chiar un strat superficial.

Nu te sinucizi prin deducție, nu când în noi locuiesc forțele vieții, mai puternice și mai numeroase.

*

Dacă sinuciderea nu oferă o soluție, gândul sinuciderii reprezintă o consolare provizorie. Să fim cinstiți: aceasta ajută uneori să poți trece o zi dureroasă ori o noapte execrabilă.

Speranța că s-ar putea renunța la viață îmblânzește suferința.

*

Trezindu-mă dimineață, am visat la prezența mamei lângă mine. Mă privea lung, explicându-mi că nu aveam dreptul să las să moară în mine ce rămăsese viu.

— Nu e nevoie să te omori: de murit se moare întotdeauna prea devreme.

*

Absurditatea sinuciderii: știi de ce fugi, nu știi de ce vei da.

*

Ieri, grădinarul a intrat în bibliotecă în timp ce Maiestatea Sa Fouki îmi dădea dovezi de afecțiune la adăpostul altor priviri, lingându-mă cu vârful limbii ei trandafirii și un pic aspre.

S-a oprit, revoltată că e deranjată.

Grădinarul exclamă:

— Se vede că-i sunteți stăpân!

— Deloc. Sunt sclavul ei preferat.

*

Festivalul de la Avignon. Încă din tinerețe, deschide pentru mine balul luminos al verii.

Am închiriat o casă înăuntrul zidurilor de apărare. Yann umblă după coregrafii, Bruno, împreună cu Nathalie, sare dintr-o sală-ntr-alta pentru a găsi spectacole pe care să le programăm la Rive Gauche, teatrul pe care îl conducem, la Paris. Cât despre mine, sunt ca musca la arat.

Fie genunchiul îmi sare, fie îmi trimite dureri ascuțite. În fiecare dimineață, când mă dau jos din pat, imediat ce pun picioarele pe podea îmi dau seama că problema e din ce în ce mai urâtă. Cum nu doresc să îmi îngrijorez apropiații și pe cei care mă salută pe străzile Avignonului, mă străduiesc să nu șchiopătez sub privirile lor și aproape că reușesc. Din această orgolioasă disimulare care-mi mobilizează cea mai mare parte a energiei, rezultă două consecințe: sunt epuizat și mă închid în mine încă și mai tare.

„De la moartea mamei tale, nu mai vrei să mergi înainte!" opinase Alain, medicul meu curant. Dincolo de această simbolistică, trupul chiar nu-mi mai apără spiritul, provocându-mi durere fizică mai degrabă decât tristețe, inflamare în loc de amărăciune?

Durerea pansează disperarea...

*

În zilele în care transpirăm în mijlocul cuptorului avignonez, mă retrag la umbra casei și încerc să înțeleg ce din mine vine de la mama. Inventarul mă ușurează.

În fața oglinzii, regăsesc ochii negri, bărbia rotunjită, maxilarul pătrat, sprâncenele subțiri, asimetrice, și le surâd. Îmi frec între degete pielea compactă, groasă, foarte puțin ridată și-i mulțumesc. Chiar și dilatarea din acest moment a trăsăturilor îmi place, perfect asemănătoare cu a ei din ultimii ani.

Mă amuză defectele noastre comune: faptul că ne trezim greu dimineața, dar nu putem adormi seara, neastâmpărul de la miezul nopții care ne împiedică să ajungem în pat înainte de a ne fi învârtit ca un titirez, de a fi pus în ordine și parcurs coridoare și scări pentru a îndeplini mii de sarcini superflue.

Ea mi-a insuflat dragostea pentru animale. Impunându-și dorința în fața tatălui meu rigid, care avea oroare de pisici și se temea de câini, mi-a permis, la opt ani, să adopt o cățelușă, Tina, un fermecător spitz german cu blana de zăpadă care, din păcate, a murit foarte repede din cauza maladiei Carré. Deși în contradicție mereu cu părerea tatei, de data aceasta cu ajutorul meu, ne-a dotat ulterior cu motanul Socrate și câinele Tao, amândoi negri ca abanosul, parteneri de vânătoare, prieteni pe viață și pe moarte, care mi-au înfrumusețat adolescența. La maturitate, am continuat acest gen de coabitare, neputându-mi imagina existența altfel decât în compania animalelor. În consecință, mama i-a adorat pe Leonard, un motan de casă uriaș, care a trăit douăzeci și doi de ani și a supraviețuit mai multor cancere și unei căderi de la etajul șase, apoi pe Fouki, Daphné și Lulu. La fel ca bunicului meu, timpul petrecut distrând animalele, înțelegându-le, plimbându-le, alintându-le, schimbând cu ele priviri, nu-i părea mamei timp pierdut. Ore în șir le aruncam un băț sau o minge, le ascundeam diferite obiecte înainte de a le scoate din nou la lumină, ne piteam prin labirintul casei de la țară pentru a le ieși pe neașteptate în față; râdeam fără-ncetare, recâștigând energica bucurie a copilăriei.

Mi-a transmis cultul artelor, literaturii, gustul pentru călătorii și o gură aptă pentru gastronomie.

Nu sunt doar carne din carnea ei, sunt suflet din sufletul ei.

Nu m-am erijat niciodată în fiu rebel, rămân un moștenitor. Scrisul meu, axă a propriului destin, a pasionat-o dinainte de nașterea mea. A avea un vlăstar dramaturg și romancier nu a uimit-o. De fapt, i-am păstrat înclinațiile și i-am împlinit anumite dorințe.

Viața mea: opera ei.

*

Pe terasa unei cafenele din Avignon, între două spectacole, Bruno mă privește lung sau, mai degrabă, mă scrutează cu îngrijorarea întipărită pe chip.

— Cum mai merge?

— Habar n-am.

— Simt că, uneori, te mai regăsești un pic.

— Da...

Bruno a spus-o atât pentru a mă încuraja, cât și pentru a se convinge pe sine.

De fapt, nu mă regăsesc: o regăsesc pe mama în mine.

*

Moartea nu a expulzat-o din viața mea. Din contră, am devenit monumentul ei.

*

Voi rămâne întotdeauna fiul tău, în pofida plecării tale.

Fiindcă tot fiul tău voi fi, iar tu vei exista în continuare prin mine.

*

Străzile Avignonului colcăie de amintirile noastre. Din 1975, le-am frecventat împreună până vara trecută, înghițind mai multe spectacole pe zi.

Fără îndoială, cel mai mare dar pe care mi l-a făcut – în orice caz, unul dintre cele hotărâtoare – a constat în a mă iniția în teatru.

*

A existat o primă oară...

Prima oară s-a întâmplat la Célestins, la Lyon, în anul când împlineam zece ani. Mama ne-a lăsat pe trotuarul din fața teatrului, cu biletele în buzunar, promițând să vină după noi trei ore mai târziu.

Într-o sală plină ochi, zgomotoasă, o plasatoare posacă ne-a așezat în rândul de lângă scenă, ceea ce a oripilat-o pe Florence. „O să le numărăm actorilor firele de păr din nas! Și-o să ne umple de scuipat!“ a bodogănit înfundându-se în scaun.

Eram fascinat încă dinaintea ridicării cortinei.

De ce? Chiar de cortină. O pânză închipuind o cortină voluminoasă, de catifea, înfoiată în falduri, acoperită de broderii, strânsă de șiraguri de perle prinse în monturi de aur. Subterfugiul mi s-a părut în același timp mizerabil și fastuos, mizerabil fiindcă observasem că nu era vorba decât despre o pânză oarecare, întinsă și netedă, fastuos fiindcă pictura dădea iluzia unei țesături scumpe. Închizând pleoapele, deschizându-le din nou, privind fix tabloul printre gene, încercam să nu mă mai las furat de iluzia optică. Degeaba! Unica modalitate de a fi păcălit ținea de minte, nu de vedere: trebuia să accept minciuna. Înainte ca spectacolul să fi început, presimțeam că plăcerea va sosi în egală măsură din mine și din scenă.

Cortina și-a luat zborul către boltă, dezvăluind un decor de tablă pictată. Din nou, atenția mi-a fost absorbită de detalii: credeam în perspective și profunzimi imediat ce se trântea o ușă, imediat ce niște valuri parcurgeau panourile, trădându-le netezimea. Vârful a fost atins în actul al doilea, care se petrecea la bucătarul Ragueneau: acolo, sub tavanul din grinzi vechi al unei mansarde, atârnau jamboane de mucava care m-au vrăjit! O clipă, jamboanele au oscilat între adevăr și fals; chiar dacă le-am crezut autentice, din cauza formei și culorii, mi s-au dovedit artificiale din cauza lipsei lor de greutate, goale cum erau pe dinăuntru; apoi, imediat ce le-am considerat trucate, adevărul le-a ajuns strigător la cer. Pe scurt, eram supus farmecului *artificiului*, acel continuu balans între adevărat și fals. Grație jamboanelor din carton, am adoptat teatrul, locul în care realitatea cere ajutorul imaginației pentru a-și dobândi coeziunea. Da, teatrul avea nevoie de mine, căci înșelătorul acela nu abuzează decât de un naiv care e de acord cu înșelăciunea.

Și spectacolul? Spre deosebire de teatralitate, a avut nevoie de două acte spre a mă convinge – din fericire, *Cyrano de Bergerac* are cinci.

Faptul că personajele se exprimau în versuri nu m-a mirat; din contră, acea sofisticare mi s-a părut că se potrivea cu iluziile ambientului. De ce să fi vorbit ca toată lumea bărbații și femeile acelea îmbrăcate pestriț, care nu evoluau într-un univers normal? Ținuta limbajului lor – rigoarea, fantezia, poezia –, vioiciunea, replicile date cu virtuozitate, toate țineau de spectacol. Banalitatea limbajului ar fi rupt lanțul vrăjii.

Intriga m-a prins. Înflăcăratul Cyrano, care se crede incapabil să inspire o pasiune, m-a descumpănit: imediat ce înțelege că rafinata Roxane are o înclinație către Christian, rivalul lui, își ascunde rana intrând în serviciul acestui Christian, un tânăr pe cât de fermecător, pe atât de nătâng; noaptea declamă, în locul frumușelului numai spoială, declarații de dragoste și scrie de pe câmpul de bătălie epistole sublime către iubită. În timpul asediului de la Arras, Christian cade în luptă. Cyrano supraviețuiește și, după douăzeci de ani, prietena sa Roxane îi mărturisește că nu își mai aduce aminte chipul frumosului Christian, dar i-a reținut pe veci cuvintele din scrisori. În agonie, Cyrano descoperă că Roxane îl adoră. E prea târziu, moare.

Dacă la început râd de farsele lui Cyrano, lupt apoi cu emoția, pe măsură ce drama devine tot mai tenebroasă. În sfârșit, nu mai rezist, suspine de nestăvilit mă zguduie și deschid stăvilarul lacrimilor.

Ce lacrimi insolite! Atât de puternice și atât de blânde în același timp... În mod excepțional, nu pe mine mă plângeam, ci pe un altul. Eu, copilul care nu se îndoia că este iubit, îmi părăseam punctul de vedere, mă debarasam de egoism și solidarizam cu un străin; resimțeam amărăciune și milă sau, mai degrabă, amărăciunea milei. Iată numele acelor lacrimi: lacrimile altruiste, lacrimile filantropice. Cuprins de o neașteptată solidaritate cu un personaj dintr-un secol exotic care nu-mi semăna, îmi lărgeam aria simpatiei.

Când s-a aprins iarăși lumina în sală, mi-am zis că spectatorii – și, în primul rând, sora mea – îmi vor persifla chipul plâns. Dar, când, plouat, am îndrăznit să ridic ochii în jur, nu am zărit decât frunți plecate, pleoape umflate și nasuri roșii.

Revelația mi-a provocat euforie. Nu doar că acele lacrimi mă schimbaseră, dar le și împărtășisem cu opt sute de adulți. Tras de mulțime către ieșire, mi-am jurat că mă voi întoarce cât mai repede cu putință în locul acela fabulos.

Mama ne aștepta în foaier și, înduioșată de fețele noastre tulburate, a îngenuncheat pentru a mă strânge în brațe.

— Ți-a plăcut?

— Da. Mult. Vreau să fac și eu asta mai târziu.

— Care asta?

— Să fac să plângă pe toată lumea.

— Vrei să fii actor, ca Jean Marais?

Mi-a amintit că idolul ei, actorul Jean Marais, fusese cel care interpretase rolul lui Cyrano.

Am dat din cap în semn de negare, m-am întors către afiș, l-am citit și am precizat:

— Nu, mai târziu vreau să fiu ca Edmond Rostand.

Acel *Cyrano* a oferit piatra pe care s-a ridicat întreaga mea viață dramatică: nu doar că atunci am cunoscut prima mea experiență scenică, dar am și trăit întâia experiență umanistă, vibrând la unison cu personaje cu firea contrară alei mele. Am ieșit îmbogățit de la reprezentație. Umanismul, această fraternitate de destin cu aproapele, spectatorul o percepe prin plăcere și emoție, fără a i se da lecții.

A doua zi, fiindcă tropăiam de nerăbdare, mama mi-a cumpărat cartea, *Cyrano de Bergerac*, după care m-am închis ceasuri întregi în încăperea în care ne jucam, pentru a declama tirade. După fiecare, mă sprijineam de un perete, precum Cyrano de copac, și jucam momentul morții grandioase, încheind în lacrimi.

După o săptămână, observând că entuziasmul nu mă mai părăsea, mama, cu aer misterios, m-a luat de mână și m-a dus până lângă un dulap.

— Dacă ești interesat de teatru, ai voie la mine în bibliotecă.

A deschis ușa și am descoperit mai multe rafturi pline cu cărți.

— Aceștia sunt clasicii: Molière, Corneille, Racine, Marivaux, Musset, Hugo.

A luat câteva fascicule de hârtie friabilă, îngălbenită, aproape portocalie de vechime. Pe coperte, chipurile autorilor în medalion imprimat cu cerneală violet suferiseră și ele de trecerea timpului. Vechimea cărților, departe de a le fi descalificat, le-a făcut imediat încă mai prețioase în ochii mei. A adăugat, cu privirea scânteietoare:

— Le colecționez din adolescență.

Așa că mi s-au părut și mai de preț.

— Tatăl tău a refuzat să le aranjez în bibliotecă, le găsește prea urâte.

Moment în care am fost cucerit definitiv!

*

Dulapul magic a devenit prietenul meu preferat. Luam de acolo piese de teatru, le citeam unele după altele, le reciteam, apoi, serile, vorbeam cu mama despre ele. Lumea lui Molière, Corneille, Racine, Marivaux îi era la fel de familiară ca a noastră și pălăvrăgeam, curățând legume, despre bunul-simț al lui Toinette, îndrăzneala lui Scapin, egoismul domnului Jourdain, ipocrizia lui Tartuffe, de parcă ar fi fost vorba despre niște vecini de-ai noștri.

Fără îndoială grație acestei impregnări, vicleșugurile și procedeele dramaturgice au intrat în cel mai adânc strat al ființei mele, în așa fel încât, ani mai târziu, a doua zi după reprezentarea primei mele piese, un critic, uimit de virtuozitatea de care dădusem dovadă, a exclamat: „Știe totul despre teatru și șiretlicurile sale. Acestui tânăr numai experiența îi lipsește!“

Firește, lecturile acelea au atras după ele alte pelerinaje la teatru. Mama ne-a dus să vedem o mulțime de spectacole după piese clasice, apoi comedii de bulevard – pe care nu le gusta deloc –, în așa fel încât să putem aprecia jocul actorilor.

Adesea, ne lăsa, pe Florence și pe mine, în fața teatrului și venea să ne ia după spectacol. Pretindea că profita așa pentru a căuta cele necesare prin magazine; acum, dând timpul înapoi, cred că nu îndrăznea să ne spună că bugetul îi permitea doar cumpărarea a două bilete, nu a trei.

*

Mai târziu, familia noastră s-a împărțit când venea vorba de petrecerea timpului liber. Sora mea, pasionată de sport, l-a însoțit pe tata în drumeții alpine; eu, îndrăgostit de teatru, am însoțit-o pe mama la festivalurile de la Avignon și Aix-en-Provence.

După care a venit rândul meu să o invit: în fiecare vară, închiriam acolo o casă; tradiția continua.

Acum cinci ani, mama, Maïa și cu mine am fost la un spectacol după o piesă a lui Marivaux. Frânți de oboseală după ce traversaserăm Avignonul în pas alert, asudați, ne prăbușiserăm pe locurile noastre și încercam să ne răcorim înainte de începerea comediei. Observând obrajii stacojii ai mamei, îmi reproșam că o obligasem să alerge aproape pe străzile cuprinse de caniculă.

Maïa, care împlinise cincisprezece ani, fusese și ea contaminată de pasiunea pentru teatru și urmărea, alături de noi, câte patru sau cinci spectacole pe zi. Așa că a exclamat, amuzată de galopul abia încheiat:

— Ador festivalul!

— Mă bucur, dragă Maïa, i-am răspuns. Și eu am ajuns aici când aveam tot cincisprezece ani, ca tine. M-a adus mama. Iar acum, după patruzeci de ani, o aduc eu pe ea.

S-a uitat admirativ la mama, care își ștergea fruntea, și mi-a șoptit la ureche, în timp ce lumina scădea:

— Peste patruzeci de ani o să te-aduc și eu pe tine.

Nu-mi mai aduc aminte de primele minute ale spectacolului, într-atât fremătam de încântare...

*

Am părăsit Avignonul și am plecat în Creta. Mă liniștește destinația, căci desemnează un loc care nu e bântuit de vreo fantomă. Mama și cu mine vizitaserăm Grecia, dar nu mai avuseserăm timp să ajungem până în insula lui Minos și Pasiphae.

*

Parcă mă simt ceva mai bine.

Sub cerul imaculat, alternăm îmbăierile și lecturile. Am adus cu mine o valiză plină de cărți, cele pentru toamnă, pentru pregătirea selecției Goncourt. Facem schimb cu cele mai bune și discutăm pasionat despre calitățile ori limitele lor. Rareori am petrecut o asemenea vacanță paradiziacă.

Aflu de la sora mea, care traversează Pirineii pe jos, că se simte și ea mai bine. Acalmia aceasta reprezintă oare, pentru noi doi, o etapă a doliului, ori stupidul beneficiu al vacanței?

*

Mama nu mă dorea doar pur și simplu în viață, ci mă dorea fericit. Am, față de ea, datoria fericirii.

Nu ar fi tolerat starea în care am zăcut în ultimele luni și realizez cât valorează, după moartea ei, această datorie de a fi fericit.

*

Întoarcere în Belgia.

Mă tem că bucuria mi-a rămas în Creta.

*

Duminică după-amiază...

Oamenii se tem de după-amiaza de duminică. În copilărie, o uram, fiindcă nu vedeam în ea, fie și sub un soare strălucitor, decât un foarte lung crepuscul. Alertă! Timpul liber murea, orele se mucegăiau, urma să părăsim spațiul libertății pentru a ne îndrepta spre îngrozitoarea zi de luni când trebuia să ne trezim devreme, să ne punem hainele de școală, să umplem ghiozdanele și să ajungem iar în universul constrângerilor, luând-o către cine știe ce întrebare la matematică sau la geografie.

În loc să umplu acele momente cu o activitate plăcută, le suportam fără a mă îndeletnici cu ceva anume. Copleșit de descurajare, cu privirea pierdută în reviste care mă lăsau indiferent, mă îndopam cu prăjituri, ciocolată, lapte condensat, pe care le adusesem pe ascuns din pivniță. De supărare, excesul mi se părea o soluție, speram să mi se facă rău, să fac o criză de ficat, o dispepsie salvatoare, care mi-ar fi dat dreptul să rămân în pat. Dar, vai, am fost mereu în stare, după cum sublinia și mama, să „diger chiar și-o nicovală“, după care să-mi recapăt, până la cină, pofta de mâncare.

Cui îi e frică de după-amiaza de duminică îi e în realitate frică de dimineața de luni.

Ca adult, nu mi-a mai fost frică de ea, fiindcă viața pe care o duceam îmi plăcea indiferent de zi.

Un obicei totuși mă ducea înapoi, la duminicile copilăriei: o sunam pe mama. Discutam din plin, mai mult decât ne luau conversațiile din timpul săptămânii. Ne spuneam noutățile, vorbeam despre subiectele de actualitate, râdeam copios – mai ales despre ce nu era de râs – și povesteam cărțile citite, filmele văzute, spectacolele... Dacă mai călătorea câte puțin, mama consuma multă presă – cotidiene, reviste –, asculta emisiuni radio, se uita la televizor cu discernământ, în așa fel încât să nu fie prinsă niciodată în lipsă de informație. De la verdele și impetuosul secretar de stat la ultima speranță a muzicii, nimic nu scăpa radarului ei. Nicidecum nu stăteam de vorbă cu o bătrână.

Energic, glumeț, dialogul se încheia invariabil cu expunerea preocupărilor mele din timpul săptămânii, urmată de fraza liturgică:

— Ai grijă de tine. Menajează-te. Nu te omorî muncind. Gândește-te la tine.

Mormăiam ceva încurcat, o bodogăneală care se putea traduce la fel de bine cu „o să te-ascult“ sau cu „las’ că fac eu cum știu mai bine“ și închideam.

Dacă uitam să o sun în vreo duminică, luni lua legătura cu Gisèle, îngrijorată:

— Éric e cumva bolnav?

În realitate, din decență sau din delicatețe, aștepta mai degrabă până marți dimineață.

De la plecarea ei, proasta dispoziție îmi întunecă după-amiezile de duminică. Pe la ora 17, sufletul meu își ia zborul spre Lyon, iar mâinile, din reflex, îmi apucă telefonul. O altă parte a creierului îmi corectează în acel moment obiceiul și mă informează, încă o dată, că mama a murit.

Nouă lovitură de pumnal duminicală...

*

Moartea mamei mi-a făcut propria moarte mai prezentă.

*

— Câți ani ai?

Încă din copilărie, când spuneam câți ani am, aveam sentimentul că mi-a scăpat o necuviință. Ce legătură putea fi între un număr și mine? Nici una! Nu eram nici un eu de zece ani, nici un eu de douăzeci, nici un eu de patruzeci; eram eu la zece ani, la douăzeci, la patruzeci, mereu eu, nimic altceva decât eu. Etichetarea prin ani mi se părea arbitrară, absurdă, neesențială, subiect al unei constante și rapide perimări.

Decesul mamei mi-a gravat vârsta pe piele. Cifrele au un tăiș de oțel. Ascuțite fiind, taie, rănesc.

Cât a trăit mama, mi-am putut ignora vârsta. Mai mult decât tânăr, rămâneam un copil. Subita ei dispariție m-a lăsat fără nepăsare, m-a încărcat cu decenii, m-a îngreunat cu temeri; de acum am cincizeci și opt de ani și asta nu se va mai schimba.

Am fost un fiu, sunt un bătrân, voi fi un mort.

Viitorul se închide. Orizontul a încetat să mai dea înapoi pe măsură ce înaintam, a ridicat un zid de care mă apropii zilnic și de care, într-o zi, am să mă zdrobesc.

Nedefinitul și lejeritatea lui au dispărut.

*

Timpul care-mi mai rămâne...

Care orfan nu se gândește la asta?

Timpul care ne mai rămâne... Numărăm anii care ne despart de vârsta la care ne-au murit părinții și ne acordăm acest interval.

Pentru întâia oară, gândesc în sens invers. Existența mea are un capăt – optzeci și șapte de ani – și număr. Îmi mai rămân trei decenii. Iată cum calculez în sens invers. Ce sinistră revoluție!

Înainte, anii îmbogățeau slăbănogul de zero de la plecare. Astăzi, îi scad din cifra fatidică.

Înainte, adăugam. Astăzi, scad.

Înainte, creșteam. Astăzi, descresc.

Mă ambiționam să merg cât mai repede. Acum îmi doresc s-o iau mai încet.

*

Încep sezonul de toamnă cu *Răzbunarea iertării*.

Jignit parcă, sunt circumspect față de toți și de toate. Mă îngrozește fiecare întâlnire, fiecare emisiune, fiecare conferință, fiecare ședință de autografe, convins că nu am să reușesc să le fac față. Dar reușesc întotdeauna.

Nu puterile mi-au slăbit, ci încrederea în ele.

*

Datoria fericirii?

Va trebui să mă străduiesc. Deocamdată, nu am cum fi premiat pentru recunoașterea acestui merit.

*

Trecutul se trezește și mă tulbură. Lacune, incertitudini, dubii venite de foarte departe izbucnesc în prezent, îmi îngheață gândurile, îmi opresc inițiativele.

În realitate, nu trecutul mă torturează, ci lucrurile pe care nu le știu despre trecut.

Acum, când am parcurs de mai multe ori carnetele mamei, am certitudinea că nu conțin ceea ce sperasem: o poveste despre secretul nașterii mele.

Toată viața am așteptat desfășurarea unei scene pe care mi-am imaginat-o... Mama, extrem de bătrână, extenuată, în pragul plecării dintre noi, mă prindea de mână spunându-mi dintr-o suflare:

— Trebuie să îți dezvălui ceva legat de nașterea ta.

În ultimii ani, ținând cont de starea ei de sănătate, acceptasem să mai am răbdare, fără a înțelege mistificarea pe care o elaborasem: în realitate, nimeni nu știe când e să-l surprindă moartea, nici mama mai mult decât oricine altcineva, iar sublimul meu epilog nu avea decât prea puține șanse de a se concretiza.

Aș fi putut anticipa și provoca discuția... dar mă temeam prea mult de ea pentru a o amorsa cu bună știință.

La fel oare și mama?

De-acum, cum mă voi descurca?

*

Mă întâlnesc cu cititorii la Strasbourg, în prospera librărie Kléber, devenită Gallimard.

După prezentarea *Răzbunării iertării*, semnez sute de exemplare. Ca de fiecare dată, acest exercițiu îmi place tot atât de mult cât mă frustrează: mi-aș dori să dialoghez cu fiecare bărbat sau femeie care-mi întinde o carte, dorind să cunosc povestea sa, dar programul mă obligă la laconism. Mă rezum la a schimba câteva priviri, câteva fraze, contând pe intuiția mea pentru a cunoaște acea persoană de la un cap la altul, după care îi mulțumesc și las loc următoarei.

Un cuplu în vârstă vine în fața mea, hotărât să nu se urnească, și se apleacă peste masă cu priviri nerăbdătoare.

— Bună ziua, Éric. Ne recunoști?

Mă bâlbâi încurcat în fața celor două figuri atente, ridate până-n vârful urechilor, care anticipează o reacție pozitivă. Bătrâna ridică din umeri și-i dă un cot soțului ei.

— Era tare micuț pe-atunci.

Bătrânul schițează un zâmbet.

— Familia Ricklin! René și Solange Ricklin.

Chipurile lor nu-mi spun nimic, dar numele îmi sună cumva în memorie. Repet, tracasat:

— Familia Ricklin... Familia Ricklin... De la Beauvallon?

Ușurați, confirmă în cor:

— De la Beauvallon!

Râd de parcă i-aș fi recunoscut.

Domnul Ricklin mă ajută să o iau înapoi pe firul timpului:

— Beauvalllon, anii '60. V-am întâlnit vara, pe Paul, pe Jeannine, pe Florence și... pe dumneavoastră.

— Și pe „tine"! corectează Solange Ricklin bătându-și ușor peste mână soțul. Doar mereu l-am tutuit pe Éric.

— Acum, în fața acestui domn important, care atrage respectul, nu mai reușesc să zic „tu", ripostează bătrânul.

— E adevărat că ai ajuns un domn important. Când Paul vorbea despre tine, mai că se sufoca de mândrie.

— Așa e! o aprobă soțul.

— Ce mai face Jeannine? mă întreabă politicos bătrâna.

Conversația începe să-mi displacă și încerc să-i pun capăt precizând, cu ochii-n pământ:

— Ne-a părăsit.

— Ah! suspină cei doi la unison.

Se lasă tăcerea. Sesizez că se gândesc la ei, la vârsta lor, la faptul că li se apropie și lor rândul... Încercând o diversiune, le iau cartea pentru a o semna. Domnul Ricklin bâiguie:

— Când?

— Primăvara trecută.

— Mai stăteam din când în când la taclale cu tatăl dumneavoastră, dar, de când a murit... Condoleanțe.

Doamna Ricklin se întoarce spre soțul ei și-l ceartă, de parcă eu m-aș fi evaporat de acolo:

— Éric își iubea mult mama.

Simt că ajung la capătul răbdării. Să-nceteze odată scena asta! Dacă li se face milă de mine, deși nu au mai sunat-o pe mama de la decesul tatei, chiar că-i disprețuiesc. Ghicesc că sunt încordat.

Bătrânul se apleacă din nou spre mine și șoptește:

— Mă antrenam la judo cu tatăl dumneavoastră.

— Desigur, mi-a spus-o deseori. Familia Ricklin...

Nu mint. Patronimul mi-a provocat buna dispoziție încă din cea mai fragedă copilărie, îl ținusem minte căci nu aveam de unde le memora trăsăturile. De mai multe ori îl rugasem pe tata să-mi spună ce mai făcea „Familia Ricklin" din pura plăcere de a articula acel nume. Până la urmă îmi imaginasem o familie de acrobați îmbrăcați în chimonouri, care evoluau prin circuri, anunțați de un domn Loyal, maestru de ceremonii al manejului, cu glas tunător: „Și acum, Familia Ricklin!"

Între 1960 și 1968, familia noastră petrecea lunile iulie și august la Beauvallon, un centru turistic de la Sainte-Maxime. Satul de bungalow-uri acoperite cu stuf, răspândite printre pini, în jurul unei vechi clădiri burgheze, dădea spre o plajă și oferea varii activități – bărci cu pânze, scufundări, schi nautic –, un bar și un ring de dans sub cerul liber. Nu erau utilizați banii, în locul lor purtam niște coliere ori brățări ale căror „perle" din plastic însemnau unul sau cinci franci, în funcție de culoare, ceea ce permitea părinților și copiilor să trăiască liberi, doar în costumele de baie.

Directorul, un parizian care se înscrisese în cel dintâi Judo Club din Franța de după război, entuziast al acestei metode de luptă, instalase un dojo acoperit și încăpător, plin cu tatamiuri, printre conifere. Folosindu-se de relațiile pe care le avea, invita în departamentul Var maeștri japonezi enigmatici, eficienți, tăcuți. Francezi și belgieni în vacanță se dedau acelei arte marțiale, care răspândea un parfum de noutate pe vremea aceea și încă nu era trecută între disciplinele olimpice. La Beauvallon nimeni, nici măcar copiii, nu erau lipsiți de un curs de formare judoka.

Rapid, tata, sportiv dedicat, ajunsese să strălucească în respectivul sport, mai degrabă prin rigoare decât prin suplețe, și obținuse centura roșie, care-i atesta excelentul nivel de pregătire, centură care vine imediat sub cea neagră.

Activitatea aceea mă lăsa perplex. La șase ani, opțiunile mele nu treceau de planul esteticii: îmi plăcea atât de mult costumul, chimonoul alb din bumbac gofrat, a cărui bluză mângâia umerii, în timp ce pantalonii largi alungeau siluetele, încât detestam ce făceau cu el judocanii, cum îi deranjau aranjamentul șifonându-l, apucându-l pentru a-și răsturna adversarul, acoperindu-l de sudoare, de praf, de scuipat. În rest, dorința aceea irezistibilă de a-și da peste cap partenerul mi se părea puerilă, mai ales că era vorba despre adulți... Cât despre grimasele luptătorilor, acestea atingeau culmea urâțeniei, ca să nu mai vorbim despre zgomotele căderilor și despre acele „îh“, și „îu“ și „uf“ expirate de torsurile puternice și transpirate... Obligat să mă așez în poziția lotus, la marginea spațiului în care se băteau bărbații, eram mai degrabă pasionat de furnica aceea care ducea în spinare, de-a lungul unei bârne, o sămânță de pin peste dimensiunile ei decât de spectacolul luptei.

Când tata mi-a propus să mă inițieze și pe mine, l-am refuzat, apoi, cum insista, am trecut la o atitudine de terorist la care am revenit ulterior, imediat ce încerca să mă învețe ceva: îi făceam praf eforturile prefăcându-mă că nu pricepeam nimic. Stăteam țeapăn ca lemnul când încerca să mă arunce pe jos, făcând imposibilă priza, apoi îl trânteam cu răutate și tumultuos pe Cédric, primul băiat pe care mi s-a cerut să-l înfrunt. Șocat, acuzând dureri, Cédric a început să plângă în hohote.

După ce l-a liniștit și l-a dus la părinții lui, scuzându-se în fel și chip, tata s-a repezit la mine.

— Éric, de ce te porți așa? Nu e decât un joc.

— Serios? N-are nici un haz.

— L-ai rănit!

— Voia să dea cu mine de pământ.

— E un joc...

— Nu e pentru mine!

Îmi plăcea tare mult să fac pe prostul în fața tatei, fiindcă îmi reușea foarte bine.

Convins că se adresa unei brute mărginite, a renunțat să mă mai învețe.

În librăria de la Strasbourg, domnul și doamna Ricklin stau de vorbă. Roșii în obraji, ard de dorința de a-mi mărturisi ceva, dar nu îndrăznesc.

— Paul ne-a spus atâtea lucruri, începe domnul Ricklin.

— Atâtea lucruri, confirmă soția lui, scuturându-și părul zburlit și cenușiu.

— Oare... cum să zic...

Habar n-am de ce-o fac, dar îi încurajez.

— Da?

Domnul Ricklin trage adânc aer în piept, se hotărăște și începe:

— Avem niște dezvăluiri de făcut. Despre dumneavoastră și tatăl dumneavoastră. Care era așa de mândru de dumneavoastră... Trebuie neapărat să aflați.

Mă cutremur. Încerc cumva să mă eschivez, mă uit în dreapta, în stânga, apoi ridic privirea.

Cei doi așteaptă, nemișcați, ținându-și respirația, uitându-se fix la buzele mele.

Tremur, cum să reacționez, eu...

— Dați-mi numărul dumneavoastră de telefon și vă voi suna.

Mulțumit, domnul Ricklin îmi întinde cartea de vizită.

Doamna Ricklin afișează un aer sceptic.

— Numărul de telefon? Ar fi mai bine să treci pe la noi, Éric. O să-ți povestim totul.

— Totul! întărește domnul Ricklin.

Mă fixează cu gura deschisă, identici după cât au trăit, mâncat, dormit împreună. Am senzația că am fost dezbrăcat în fața lor, că am rămas gol în fața zecilor de persoane care bat de acum pasul pe loc, pierzându-și răbdarea.

Domnul Ricklin insistă:

— Avem o casă în Belgia, unde mergem regulat. Am botezat-o Cottage.

— Nu departe de a ta.

— E mai comod.

Bag cartea de vizită în buzunar.

— Voi veni, vă mulțumesc.

*

Destinul găsește mereu o ușă, o fereastră, o trapă, o bortă de șoarece pe unde să pătrundă.

Și uite că acum se manifestă. Nu s-a strecurat în carnetele mamei, ci s-a fofilat în trupurile familiei Ricklin. Secretul mă așteaptă.

*

Dacă vreau să știu, o pot face...
Dar chiar îmi doresc?

*

Poate că ar trebui să precizez de ce mă considera atât de ușor tata un tarat. Aceasta fusese ideea pe care și-o făcuse despre mine în clipa în care am apărut pe lume.

În spitalul Sainte-Foy-lès-Lyon, imediat ce am ieșit din pântecul mamei, tata era să leșine: fiul lui avea buză de iepure! Buza superioară nu era completă, ci prezenta o crestătură care urca până sub nas. Malformația congenitală se putea reduce la o minimă problemă cutanată, însă tata, fizioterapeut, știa că o asemenea fantă labială era deseori însoțită de retard mintal, deficiențe intelectuale, ba chiar de grave infirmități.

Panicat, se pare că a pus pe loc mâna pe mine și mi-a verificat reflexele.

Dacă a fost liniștit de reacțiile mele, apoi de pediatrul care l-a asigurat că părțile buzei se vor lipi natural în săptămânile următoare, s-a ales totuși cu un tic: a rămas mereu în alertă în privința mea.

— Totul a ținut de stimulare, fiindcă te-a tot stimulat tatăl tău! îmi amintea mama. Se temea atât de mult că nu ești normal, încât te-a supus la mii de exerciții până când ai început să vorbești.

*

Grija față de aproapele tău are două fețe; tandrețea și circumspecția.

Mama mi-a oferit-o pe prima, tata pe a doua.

Ea își făcea griji pentru fericirea mea, el se îndoia de reușită.

Când, în școala primară, luam note bune, cele mai bune din clasă, mă făcea „preferatul învățătoarei“ și se uita la aceasta amenințător. Când, la colegiu, excelam fără prea mare efort, a decis să schimb școala. Când, la liceu, aduceam acasă numai laude, i-a acuzat pe profesori de exces de toleranță, deplângând ravagiile sistemului, după 1968, și susținând sus și tare că nivelul învățământului s-a prăbușit. S-a mai calmat cât de cât când, la șaptesprezece ani, am câștigat concursul național de compunere în franceză – concurs la care fiecare director prezenta, dacă avea, cel mai talentat elev la o disciplină anume – și am fost primit la Palatul Élysée de președintele republicii, Valéry Giscard d'Estaing. Nota foarte bună la bacalaureat a contribuit, ulterior, la îmblânzirea lui, până când am intrat la Școala Normală Superioară de pe strada Ulm, am obținut licența în filozofie și apoi doctoratul, la Sorbona.

De la naștere până la douăzeci și șapte de ani mi-am petrecut timpul liniștindu-l pe tata.

*

Misterul primei clipe. Totul se joacă în doar câteva secunde și pentru totdeauna…

Privirea suspicioasă pe care tata mi-a aruncat-o în sala de nașteri ne-a condiționat relația.

Circumspecției i-am răspuns cu neîncredere.

*

— Ciudat! mi-a spus într-o zi mama. Când erai doar un bebeluș, nu suportai ca tatăl tău să te țină în brațe sau pe genunchi. Țipai, plângeai, te făceai roșu ca racul și trebuia să te strâng la piept.

O distra acel amănunt care continua să o intrige.

Ar fi trebuit să-i răspund:

— Normal, în loc să mă mângâie, mă asculta. Nu mă atingea cu dragoste, ci mă analiza de frică.

*

În pofida zecilor de ani care au trecut, a studiilor absolvite cu brio, a recunoașterii mele rapide pentru piesele de teatru și apoi pentru romane, tata nu s-a vindecat niciodată complet de acea obsesie.

Dovada? Când apărea o critică defavorabilă în vreun ziar, în loc să înțeleagă că nici o carieră adevărată nu se parcurge fără semne de ostilitate – după cum mi-a șoptit Omar Sharif, surâzând, în timpul turnării filmului *Domnul Ibrahim*: „Dacă nu ești criticat înseamnă că nu ești cunoscut" –, pe tata îl apucau crizele de furie, care-l țineau câte două săptămâni. Își suna prietenii, își striga indignarea, compunea scrisori de protest, cerea și cunoscuților să o facă, pe scurt, pornea la luptă.

Lucru care mă emoționa, fiindcă îi descopeream o vulnerabilitate, o sensibilitate pe care altfel nu aș fi putut-o pune pe seama lui. Și-atunci îmi reproșam că-l supusesem la încercarea de a fi tată de artist întrucât, evident, nu era dotat pentru așa ceva.

— Cum de tolerezi chestia asta? mă întreba, sincer mirat de detașarea mea.

Îi strigam de fiecare dată:

— Știu perfect ce fac, de ce o fac și ce cred despre ce fac. Un imbecil cu pretenții, care își dedică trei minute pentru a critica necruțător ceea ce eu construiesc de ani de zile, nu-mi modifică nici convingerea, nici calea.

— Și eu cum trebuie să reacționez?

— Să te-ntorci la părerea ta și să scapi de ale altora.

Totuși, nu se vindeca. Sătulă, mama i-a ascuns până la urmă articolele negative, dacă observa când apăreau.

— Tatăl tău iar o să mă necăjească și-o să trăiesc două săptămâni de calvar.

Pe vremea aceea, credeam că acelui tată influențabil îi lipsea încrederea în propriile păreri.

Acum, interpretez altfel furiile lui irepresibile față de oricine i-ar fi zeflemisit fiul. Lucrul acela îl trimitea înapoi la propriile îndoieli, la neliniștea inițială, constitutivă, la teroarea care îl cuprinsese în fața copilului cu defect, care scâncea pe masa de nașteri.

Mama, în schimb, când citea câte o notiță otrăvită, ridica din umeri și exclama:

— Adică ăsta nu-l iubește pe fiu-meu? Ce cretin!

*

— Ciudat! repeta mama. Când erai doar un bebeluș, nu suportai ca tatăl tău să te țină în brațe sau pe genunchi. Țipai, plângeai, te făceai roșu ca racul și trebuia să te strâng la piept.

Mâini reci, tari, bătătorite. Piele uscată, arsă aproape, lipită de tâmple, aspră pe obraji din cauza bărbieritului imperfect. Iriși cenușii, tăioși. Și apoi fumul de pipă, mirosul de tutun olandez, acru, fetid, consistent, respingător. Câteodată, miros de transpirație, fiindcă făcea mult sport.

Alte transpirații le-am putut îndrăgi, nu și pe a lui.

*

Nu semăn cu tata, chestia asta nu mi-a scăpat niciodată.

El era blond, eu sunt brunet.

El era zvelt, eu sunt corpolent.

El avea ochi mari, azurii, eu mă mulțumesc cu unii căprui, obișnuiți.

Trăsăturile îi erau nete, ascuțite, pe când ale mele sunt rotunjite.

Fizicul lui arian se potrivea cu numele germanic. Al meu, care bate spre coasta africană, face patronimul bizar.

Niciodată nu a exclamat cineva văzându-mă „E leit taică-său!“, mai degrabă o recunoștea pe mama. Când, adult fiind, intram cu el într-un restaurant, nimeni nu bănuia legătura noastră de rudenie. Ba chiar îmi amintesc furia care l-a cuprins într-o braserie de la Paris, din Marais, când un chelner obișnuit cu o clientelă pestriță mi s-a adresat de parcă aș fi fost tânărul lui amant.

Multă vreme conștient de lipsa de asemănare, nu-i dădeam atenție, ba chiar mă amuza. Pe vremea când locuiam în blocul din Sainte-Foy-lès-Lyon, până când am împlinit opt ani, locatari ori musafiri mă întrebau uneori:

— Tu de unde vii?

Cum ghiceam motivul întrebării, răspundeam, pentru a-i enerva:

— De la etajul trei.

— Nu, vreau să zic... părinții?

— Tata e alsacian și mama lyoneză.

— Aha... Și nu e vreunul dintre ei... cum să spun... venit din Africa?

— Ba da, aveți dreptate!

Mă distram cele câteva clipe în care interlocutorul se considera tare șmecher, perspicace, după care adăugam:

— Fratele cel mare al bunicului, Steinmetz, a fost numit episcop în Africa.

Cel care mă întrebase se strâmba, pe când eu râdeam în mine.

Când ne-am mutat la Écully, în vila pe care o cumpăraseră părinții mei, m-am trezit lipsit de ocazii în care să fim văzuți împreună, fără vecini, în mijlocul câmpurilor și al pădurii, înainte ca împărțirea în loturi să umple, încetul cu încetul, împrejurimile de case.

Într-o sâmbătă, când niște colege de liceu veniseră să pregătim la mine o prezentare, au exclamat:

— Ce tată frumos ai!

Am rămas interzis. Nu-l considerasem niciodată astfel pe tata și, uitându-mă la el în voie, nu reușeam să subscriu la părerea lor.

— Mama, știi ce mi-au zis ieri colegele? Că tata e frumos.

Roșeața i-a colorat obrajii și a murmurat:

— Tu ce crezi, băiete?

Am făcut ochii mari, mirat. Mi-a șoptit:

— De ce crezi că se-ndrăgostesc toate secretarele lui de el?

Observația m-a împietrit. Tata era frumos, iar eu, de cincisprezece ani, nu-mi dădusem seama!

Am fugit în baie și m-am privit atent în oglindă. Concluzia a căzut ca o secure pe butuc:

— Dacă el e frumos înseamnă că eu nu sunt frumos.

După care, de câte ori fetele exclamau „Ce frumos e tatăl tău!“ traduceam imediat mesajul cu „Nu aș fi bănuit că tu, cel atât de naspa, te tragi dintr-un asemenea tată“.

Cu timpul, percepția tăioasă a îndepărtării noastre s-a amplificat. Prea puțin ni se potriveau caracterele. El disprețuia de obicei, eu admiram cu ușurință. El dădea pe-afară de răspunsuri, pe când în mine furnicau întrebările. El era înnebunit după activitatea fizică, eu nu-mi doream decât să mă lăfăi în pat unde să citesc ori să ascult discuri. Lui de artă nu-i păsa.

Era exasperat de faptul că nu reușea să mă educe așa cum înțelegea el. Când îmi spunea să fac ceva, imediat îi răspundeam: „De ce?“ În timp ce profesorii îmi aduceau laude, el nu reușea să îmi transmită absolut nimic. Spre disperarea lui, mă arătam flexibil și ascultător față de mama, dar rebel și insolent cu el. Nu sesiza că așezase relația noastră sub un semn nefast: autoritatea. Din propria lui experiență familială, dominarea paternă nu se discuta; după cum el ascultase de tatăl lui, tot așa sconta pe supunerea mea. Or eu uram autoritatea, a lui sau a oricui altcuiva. Celui care-și aroga puterea de a-mi comanda, de foarte tânăr îi obiectam cu un „Cu ce drept?“. Cum nimeni nu deținea un ascendent legitim asupra mea, protestam cu virulență. De unde să fi provenit acele iluzii ale superiorității? Arbitrariul ierarhic îmi jignea inteligența, tonul peremptoriu îmi zburlea sensibilitatea.

Mama obținea totul de la mine prin blândețe, tata nimic prin forță. Și a pierdut partida. Îi scăpam printre degete tot mai mult.

În adolescență, îi inventariam cu cruzime defectele. Pe când eu cântam la pian cu pasiune și mă îmbătam cu Mozart, Beethoven, Chopin și Debussy, el nu fredona nimic fără a falsa, începând cu *La Marseillaise* și împotmolindu-se, fără să vrea, în *Internaționala*. Machismul lui mă scârbea, deși era atât de obișnuit printre bărbații vremii, și nu ratam nici o ocazie să i-o spun.

Atitudinea lui față de mama a aprins războiul dintre noi. Cuplul lor traversa o criză, iar eu, incapabil să mă detașez și să o iau filozofic, am trecut pe loc de partea mamei și am ieșit la atac.

O mărturisesc: mă puteam dovedi pe cât de franc, pe atât de perfid, căci toate mijloacele se justificau. Pe de o parte ripostam deschis în locul mamei, bravând cu vorbele pe care ea se abținea să le spună; pe de alta, urinam pe ascuns în sticlele de alcool și îl anunțam după ce le băuse – motanul Socrate îmi servise drept exemplu: întrucât nu fraterniza cu tata, de fiecare dată când acesta țipa la el sau îl respingea violent, pisoiul cobora la tata în birou și urina pe dosarele lui.

Tata, bărbat frumos? Albastrul ochilor lui era în ochii femeilor catifea, în ai mei oțel.

Am ajuns până aproape să ne luăm la bătaie. După lupta în care ne-am rostogolit pe podea, corp la corp, tata a constatat inteligent:

— Destul. Mi-e rușine. Nu mai vreau așa ceva. Trebuie să învățăm să ne înțelegem.

Din acel moment, am căutat o modalitate de a-i suporta prezența, antrenându-mă într-ale diplomației. El, la fel. Succesele mele școlare ofereau ocazia de a ne bucura în cor. În 1980, mi-am făcut valiza pentru a merge la Școala Normală Superioară. Muncisem asiduu și din dorința de a mă cultiva, și pentru a scăpa de tata; ocazia l-a făcut să se simtă mândru.

Tot timpul am considerat că suntem diferiți. La douăzeci de ani, pe când plecam de acasă la Paris, tata nu mi se mai părea un membru al familiei, ci un străin.

*

— Ciudat! repeta mama. Când erai doar un bebeluș, nu suportai ca tatăl tău să te țină în brațe sau pe genunchi. Țipai, plângeai, te făceai roșu ca racul și trebuia să te strâng la piept.

Oare carnea mea îl refuza fiindcă nu-l recunoștea ca fiind aceeași carne?

*

Tata nu era tatăl meu.

Această convingere crescuse atât de mult în mine încât, la douăzeci de ani, imediat ce am părăsit cuibul părintesc, mi-am însușit-o ca versiune intimă, autentică și secretă.

*

Ura pentru tata, sau dragostea pentru mama mă incita să-mi suspectez originea?

*

Dacă mă concepuse cu un necunoscut, nu eram deci decât al ei...

*

Când, pe la douăzeci de ani, l-am studiat pe Freud și am descoperit complexul lui Oedip, mi s-a făcut rău. Adică să-mi ucid tatăl și să mă-nsor cu mama? Simbolic, o făceam. Încă din copilărie mă îndepărtasem de el și mă agățasem de mama; continuam la maturitate, tratându-l ca pe un străin, în timp ce eram tot mai mult una cu ea.

Lectura aceea m-a răvășit. Mă temeam prea puțin că voi fi demascat. Încă și mai puțin că aș putea fi ca toată lumea, fie și ca Sigmund Freud.

Dintr-odată, obiectam fondatorului psihanalizei că, în cazul meu, o variabilă nu se potrivea: tata nu era tatăl meu.

*

Instalat la Paris, mi-am păstrat pentru mine teoria. În același timp ne inventam, tata și cu mine, relația de persoane adulte, care se dovedea mai bună decât cea veche.

De la surorile lui am aflat că se temea de mine. Ghicea că, dacă ar fi emis niște fraze revoltătoare, orice punte ar fi fost tăiată. De fapt, nu se temea de mine, se temea să nu mă piardă.

În fața eforturilor pe care le depunea pentru a-și păstra fiul care-i scăpa, rebel, special, întunecat, care nu subscria la ideea lui de fericire, am coborât un pic garda.

Așa că am adoptat o dublă concepție: tata nu era tatăl meu, dar voi încerca să țin la bărbatul acela inteligent, demn, integru, respectabil.

*

O ficțiune de mii de ori întoarsă pe toate părțile sfârșește prin a căpăta greutatea realității.

Cu cât mă convingeam că mama mă concepuse cu un altul, cu atât mi se părea mai emoționant falsul tată care manifesta față de mine interes, susținere, admirație.

*

Oare el ce știa?

*

Hazardul geneticii...

De patru sau cinci ori în viața mea, când colegi sau prieteni mi-au felicitat tatăl pentru succesele mele școlare, apoi artistice, bombănise printre dinți:

— Mda, hazardul geneticii!

Expresia mă străpunsese. Cum adică? Tata socotea că persistau niște zone de umbră în filiația noastră? Rămăsesem împietrit.

Într-o seară, mama era lângă el atunci când, pentru a răspunde unor laude, tata aruncase cețos:

— Mda, hazardul geneticii!

Ea protestase:

— Ei, Paul, ia stai, nu poți să spui așa ceva!

Fără un cuvânt, el o ștersese din încăpere.

Care să fi fost concluzia? Certurile violente, ale căror izbucniri sonore treceau prin ușa dormitorului lor, să fi fost rezultatul unui secret pe care el dorea să-l afle?

*

Uneori încercam să îmi dau seama cu cine mă concepuse mama...

Dintre ipotezele extravagante, se detașa un candidat: Bobosse.

Trebuia să o fi auzit pe mama pronunțându-i porecla, Bobosse, cu ochi strălucind, cu obrajii înroșindu-i-se, cu pleoapele zvâcnind, cu buzele umflându-i-se, pentru a înțelege impactul animalic pe care îl provoca acel bărbat asupra ei.

Acesta făcea parte din trupa lyoneză care, la mijlocul anilor '60, resuscita dansurile folclorice și, mai ales, dansurile de Curte, cele de dinaintea renașterii barocului în Franța. Fondatoarea trupei, doamna Decitre, scormonise prin biblioteci și dăduse de coregrafii străvechi, pe care mama, educator de meserie, le predase membrilor baletului.

Puști, așezat pe marginea ringului de dans, urmăream din când în când repetițiile care mă atrăgeau mai mult decât judoul.

Mă descumpănea un episod, unul care se repeta, unul la care am asistat cu regularitate până la zece ani: mama deschidea balul împreună cu Bobosse.

Nu știam ființă mai măreață decât mama, atunci când dansa: parcă trăgea pe nări cerul și urca în acesta, răpitor de frumoasă. Nici vreo alta mai strălucitoare decât mama în brațele lui Bobosse nu știam. Cu ochii, cu mâinile, cu șoldurile, cu picioarele, acesta veghea asupra ei, agil și viguros în același timp, atent, pasionat, devotat, temeinic. Alcătuiau amândoi un cuplu fără egal, el atât de viril, ea atât de zveltă. Intrau primii în scenă, uimind publicul, imprimând dinamica lor relaxare și restului trupei, care se ținea după ei.

— Cum arăta acel Bobosse? mă întreba Bruno căruia îi povesteam respectiva amintire.

— Masiv, lat în umeri, cu coapse puternice, cu mutră binevoitoare, simpatică, nu o frumusețe, dar un bărbat jovial.

— Cam ca tine, deci?

Tulburat, mi-am trimis gândul în tenebrele minții. Nu aveam chef nici să discut despre așa ceva, nici să aflu mai multe.

*

Totuși, aș fi putut cu ușurință să-i cer mamei:

— Vorbește-mi despre Bobosse. Cum îl chema în realitate? De ce nu te mai vezi cu el?

Dar asta m-ar fi făcut să trec granița care desparte fantasma de realitate, lucru de care nu mă simțeam în stare. Și m-ar fi obligat să părăsesc un tată pentru un altul, ceea ce-mi displăcea. Numai anonimatul mă satisfăcea.

Esențialul se mărginea la o propoziție limpede: atâta vreme cât mama mă concepuse cu un necunoscut, nu eram decât al ei.

*

La șaizeci și opt de ani, tata s-a prăbușit inconștient pe gresia din bucătărie. Sângele îi năpădise creierul.

Luat de ambulanță, a petrecut mai multe luni la spital, la reanimare, între viață și moarte. A ieșit din spital paralizat pentru totdeauna. Hemoragia cerebrală îl lipsise de jumătatea stângă.

De la accidentul lui vascular, am făcut abstracție de acea teorie, fiindcă sufeream intens pentru el și cu el. Dacă dragostea nu mi s-a arătat nici pulsională, nici carnală, durerea așa mi-a ajuns.

Ne-am apropiat în cei optsprezece ani în care a fost încarcerat în închisoarea propriului trup. Bărbatul acela sportiv, care avea nevoie să schieze, să meargă, să escaladeze, să parcurgă kilometri cu bicicleta sau mile în veliere, atletul acela care adora să transpire, să își împingă cât mai departe limitele, să își testeze puterile până mai să i se facă rău, căruia epuizarea fizică îi provoca un soi de orgasm, a găsit modalitatea de a trece și peste acea încercare.

Persista în el un copil, unul care aștepta dimineața în care, pe cât de repede își pierduse controlul asupra corpului, pe atât de repede să și-l recupereze; dar i s-a alăturat și un înțelept care se deda cititului, conversației, familiei, prietenilor. Ne trăia prin procură existențele și surorii mele, și nepoților, și mie, iar noi ni le povesteam din plin. M-am apucat să-i consacru mai multe ceasuri decât mamei, la telefon sau la el în cameră, într-atât de mult ne solicita acest lucru. Am reluat firul discuțiilor metafizice sau teologice din trecut, ne refeream la Dumnezeu, la Christos, la tot soiul de subiecte în care el nu credea, dar de care eu mă atașasem de când fusesem în expediție în Sahara.

Cum infirmitatea făcuse imposibilă pudoarea, în timpul îngrijirilor din partea infirmierelor i-am zărit de mii de ori corpul gol tatei, sexul lui flasc, chircit, mușchii topiți, escarele purpurii, pielea palidă.

Anul acela, mai mulți dintre prietenii lui au suferit accidente similare și au murit. Cât despre tata, el a supraviețuit optsprezece ani grație mamei, care și-a interzis să îl interneze într-o instituție specializată și a decis să se mute într-un apartament adaptat, să-i dedice viața, de dimineața până seara, prevenitoare, mobilizându-și forțele de sprinteră, în pofida vârstei, pentru a-l ridica, deplasa în fotoliu, împinge și-apoi duce în călătorii. Am mers împreună la Paris, la Londra, la Roma. De mai multe ori pe an, părinții veneau la mine, la Bruxelles, pentru o săptămână, iar eu organizam un întreg circuit al infirmierelor și fizioterapeuților care îl tratau.

În timpul ultimei veniri, i-am prezentat casa de la țară, pe care o cumpărasem și în care începusem de cinci ani șantierul. L-am anunțat:

— Aici o să pun un ascensor. Te va sui la tine în cameră, unde va exista și o baie pentru persoane cu handicap.

— Sper c-o voi vedea, mi-a zis emoționat.

Nu a văzut-o niciodată, lucru asupra căruia aveam îndoieli, dar nu m-aș fi gândit să îmi pun la punct un domiciliu din care tata ar fi fost exclus.

Boala lui îmi suspendase întrebările. Nu mai doream să-i contest nici paternitatea, nici filiația atâta vreme cât rămânea printre noi. Atâta mă prefăcusem că-l iubesc, încât uneori mă întrebam dacă nu cumva chiar ajunsesem s-o fac...

*

În ultimii doi ani, alimentasem noi sentimente ambigue la adresa lui: infirmitatea la care ajunsese o epuiza într-atât pe mama, încât pur și simplu o trăgea după el în mormânt.

Când mă arătam îngrijorat de problemele ei de sănătate, mama le minimaliza și conchidea:

— Oricum, cu tatăl tău așa cum e nu am dreptul să mă îmbolnăvesc! Nu-ți face sânge rău, Éric, voi rezista.

Se îngrijea de el, nu și de ea, sau o făcea prea puțin. Îmi condamnam într-atât tatăl că-i strică bătrânețile mamei, dacă nu cumva chiar că i le scurtează, încât i-am spus adevărul în față. Nici nu am articulat bine câteva cuvinte că a și oftat:

— Și eu voiam să-ți vorbesc despre asta, Éric. Convinge-ți mama să mă lase din când în când într-o instituție cu suport medical, ca să se poată relaxa, să vină la tine în Belgia sau să faceți amândoi o croazieră. Ajută-mă tu, fiindcă mie îmi opune rezistență! Își închipuie că asta ar însemna că mă părăsește.

Încă o dată își dezvăluia un suflet mai nobil decât credeam că-l are. I-am mulțumit și m-am luptat cu mama pentru a-i impune câteva scurte ruperi de program.

*

A murit după o agonie în asemenea măsură infernală încât i-am primit cu toții dispariția ca pe o eliberare, în primul rând pentru el, în al doilea pentru mama.

*

Nu am fost niciodată tatăl mamei mele, în schimb am fost tatăl tatălui meu. Hemiplegia îl redusese pe Paul Schmitt la un biet corp plăpând, debil, pe care trebuia să îl hrănim, spălăm, ridicăm, deplasăm. Mama nu mi-a lăsat niciodată această posibilitate. Am pierdut o mamă puternică, viguroasă, nu o mamă a cărei senectute ar fi transformat-o în copilul meu.

*

A cerut ca rămășițele pământești să îi fie preschimbate în cenușă.

După ceremonia religioasă, mama a refuzat să se îndrepte spre crematoriu, într-atât detesta acea practică. M-am prefăcut că-i împărtășesc aversiunea, ca să nu se simtă vinovată, iar Florence, curajoasă, s-a dus în locul nostru.

Când ni s-a adus urna, am privit-o gândindu-mă: „Ia te uită: nici urmă de ADN. Știința nu-mi va confirma niciodată dacă el a fost tatăl meu. Va trebui ca într-o zi mama să mă pună la curent…"

*

Mama a renăscut. Și-a recăpătat puterile, energia, optimismul, tenul proaspăt, timpul pentru ea însăși, timpul pentru noi. Departe de a deveni o văduvă tristă, strălucea.

Era și ea uimită de tonusul de care dădea dovadă, de curiozitatea, de bucuria ei, deși îl iubise pe tata și îi dedicase propria existență. Amețită, mă privea cu aer de fetiță prinsă cu degetele în prăjitură.

— L-am iubit pe tatăl tău și mi-am făcut datoria. Acum am și eu dreptul la o a doua viață, nu?

Avea și dreptul la fericire...

În această a doua sa viață, familia a ocupat un loc imens și, ea și cu mine, am reînnodat legăturile cu obișnuințele noastre de altădată – plimbările, călătoriile, sejururile la festivaluri, vacanțele suculente în care alternam soarele și umbra pentru a putea citi mai bine.

Și, mai ales, ne-am continuat dialogul scânteietor, hazliu, tandru, necomplexat pe care îl susțineam de cincizeci de ani.

Apropiații se mirau, lăsându-ne într-o încăpere la ora 14 și dând la ora 18 de noi tot acolo, stând tot la taclale fără a ne fi urnit din loc.

— Incredibil! Voi doi mereu aveți ceva să vă spuneți?

Ca răspuns, izbucneam în hohote de râs.

*

Într-o vară recentă, am crezut că faimoasa scenă a revelației, cea în care mama îmi dezvăluia secretul nașterii mele, avea în sfârșit să aibă loc.

Mama stătea cu noi la țară. Îi plăceau atât de mult activitățile de acolo încât, odată ieșită pe ușă, nici că mai intra înapoi până la încheierea sejurului. Se plimba pe aleile grădinii, curăța trandafirii, se juca mereu cu câinii, lipsită de griji dincolo de meterezele medievale care îi ofereau izolarea la care râvnise. Prinsă de lectură, strecura un scaun sub teiul de lângă turn și se odihnea acolo ceasuri întregi, până i se alătura Maiestatea Sa Fouki, care, pe loc răsturna situația. Fouki domnea la rădăcina teiului ca regele Ludovic cel Sfânt lângă stejarul lui, visând, dormind, spălându-se, contemplând cu aer binevoitor neciopliții de țărani care trebăluiau prin jur – adică noi –, în timp ce mama, coborâtă la rolul de însoțitoare, de simplă și omenească doamnă de companie, veghea ca împărătesei să nu-i fie nici foame, nici sete, nici cald.

În după-amiaza aceea, soarele ardea atât de puternic încât până și umbra teiului le moleșea. Mama s-a refugiat la răcoarea zidurilor groase și s-a așezat în salonul unde scriam.

Între două pahare de ceai de la gheață, am stat la taclale cu pasiune, iar conversația ne-a adus la subiectul geloziei.

— Tu nu ești gelos, a observat făcând aluzie la viața mea privată.

— Nu. Când gelozia își înfige în mine pumnalul, mă detest și încerc să scap de ea. Și reușesc destul de bine.

— Chestie de temperament.

— Nu doar. Lucrul ăsta se asumă. M-am decis să am încredere. Să am încredere în mine. Să am încredere în cel de lângă mine.

— De acord, fiule. E ridicol să fii supărat o viață-ntreagă pe cineva pentru un capriciu în fond de înțeles!

— Exact.

A zâmbit și, dintr-odată, chipul fără riduri, luminos, părea a-mi fi adus în fața ochilor o tânără de treizeci de ani.

— Odată l-am înșelat pe tatăl tău.

— A, da... am murmurat ascunzându-mi emoția în spatele unui aer care invita la confesiune.

— Da. În timpul unei cure la băile termale de la Châtel-Guyon. Cu un doctor. Era frumos. Nici eu nu arătam rău. Cam așa...

A rămas ca fermecată de amintirea în care i se scufundase privirea; după care a îndreptat din nou ochii spre mine.

— A fost tare plăcut și nu a avut nici o importanță!

— Nici o importanță.

A izbucnit în hohote de râs, apoi a continuat:

— Nu asta a fost și părerea tatălui tău. Vai, chiar nu!

Și-a izbucnit iarăși în râs, de parcă furiile tatălui meu ar fi reprezentat și ele o minunată amintire.

— I-ai spus?!

S-a uitat lung la mine, cu privire lipsită de ascunzișuri.

— Evident.

— Aha!

— Și el mă înșelase o dată, mai-nainte, și mi-o spusese.

— A, da?

— Da. Puțin înainte de a te naște tu.

— Și tu când ai făcut-o?

— Nu mai știu exact. Prin 1964 sau 1965.

Era să strig „După ce m-am născut?“, dar m-am abținut. Mama se referea la o relație care nu mă privea. Am respirat lent, încercând să mă liniștesc.

A continuat, cu privirea ațintită spre amintirile ei, fără a observa tulburarea mea lăuntrică:

— Mă înșelase la Copenhaga. Când făcuse un stagiu de ergoterapie în Danemarca. Tot ziceai tu ceva de ergoterapie... La întoarcere, mi-a mărturisit totul.

— Și?

— Am considerat că nu avea nici o importanță.

— Bravo!

Un detaliu din trecut mă deranjează. Îl revăd pe tata afișând un aer visător atunci când amintea de Copenhaga și adăugând, cu pleoapele coborâte pe jumătate, „orașul Micii Sirene", ceea ce, la vremea respectivă, îmi părea doar încă un clișeu printre celelalte mii de care se folosea. Mica sirenă... Mă încrunt, rugându-mă să nu cumva să fi utilizat expresia și în prezența mamei.

Reiau discuția:

— Deci i-ai povestit episodul tău de „infidelitate"?

— Da. Ei bine, nu l-a acceptat. S-a înfuriat! Și mi-a reproșat asta toată viața. Până și pe patul de moarte tot mai bombănea.

Chicotește: acea gelozie posesivă îmbrăcase pentru ea culorile iubirii.

Ne privim unul pe altul cu atenție. Acum aștept o a doua mărturisire. Cea referitoare la celălalt adulter. Cel care-mi explică nașterea.

Numai că tăcerea durează.

Mama se apleacă spre Fouki, care, cu privire insistentă, o zgârie pe picior.

— Cred că Maiestatea Sa Fouki cere o gustare.

Se ridică pentru a da oase câinilor.

Rutina vieții la țară își reia cursul.

Întorcându-mă la scris, oscilez între bucuria de a fi primit acea confidență și angoasa de a nu o fi obținut pe cea pe care scontam. Mă consolez repetându-mi că mama trecuse pragul rezervei absolute. În curând, îmi va dezvălui secretul...

*

Mă pregătesc să intru în scenă. În câteva minute voi juca *Domnul Ibrahim și florile din Coran* în fața a o mie de spectatori.

Cabina îmi dăruiește coridorul sacru, silențios, întunecat unde, la adăpost de alte priviri, se împlinește metamorfoza care îmi va permite să ies pe scândură debarasat de personalitatea mea, golit de mine, devenit Momo, tatăl lui, mama sau domnul Ibrahim. În oglindă se arată un Schmitt oarecare, pe care fardurile trebuie să-l șteargă; mă sfidează sever, incredul, îndoindu-se că voi reuși. Deja muzica lui Mozart, pe care am adus-o cu mine – *Cvintetul pentru clarinet* –, sanctuarizează atmosfera cernută de globurile mate care încadrează oglinda, ca niște meduze fosforescente în inima oceanului. Pe măsură ce elimin cearcănele tamponând cu un lichid portocaliu pe sub ochi, iese la iveală un individ fără vârstă; îmi acopăr cu grijă pielea cu o cremă care o împiedică să strălucească, uniformizată de fondul de ten, o mătuiesc, apoi o luminez grație diferitelor pudre, încheind machiajul cu o nuanță brună pe sprâncene. Gata! Iată-mă neutru, indistinct, am căpătat textura unei măști, m-am transformat într-o pânză pe care, în timpul reprezentației, sufletul dramaturgului va putea desena mai multe chipuri și zeci de expresii.

Vaporizez peste mine parfum înainte de a mă strecura, cutezător, în mijlocul picăturilor aromate, idol ce se hrănește cu miresme.

Încă douăzeci de minute...

Îmi completez exercițiile de dicție începute cu două ceasuri mai devreme, pentru a mă dota cu o voce sonoră și cu consoane ascuțite. Exercițiile acestea mă amuză fiindcă, acționând metodic mușchii respirației și ai articulației mă gândesc că, dacă voi reuși, nimeni nu va bănui în ce constă munca depusă. Munca va ascunde munca. Mă străduiesc acum, poate chiar voi reuși, dar mâine va trebui să o iau de la capăt. Arta scenei rămâne puternică și fragilă, sublimă și ridicolă, intensă și efemeră... Ca viața.

Uf, după verificare, vocea îmi sună bine, timbrată, clară, tonică... Stau jos câteva clipe.

În cabină, în acest limb care desparte realitatea de imaginar, nici vorbă de tristețe. În timp ce actorul se îmbracă, stau de vorbă cu mama: „Vezi, am ajuns și eu! M-ai dus la teatru, biserica ta, m-ai inițiat, iar eu am urmat calea. În câteva decenii, am parcurs drumul care duce de la spectator la autor, apoi de la autor la actor. Împins de tine, am mers până la capătul încarnării. Voi încerca să fiu la înălțime, astă-seară. Ai încredere!“

În spațiul acesta în care atâtea fantome – personajele – capătă viață, există și mama. Naturală, la largul ei, își face de lucru, aranjează, surâde, se amuză, se miră, retușează vreo pată pe bărbia mea. Aici, nu am pierdut-o; veghează asupra mea, ca în săptămânile în care interpretam *Domnul Ibrahim* la Festivalul de la Avignon, în timp ce, în culise, ea juca rolul de costumieră personală.

Tracul mă înăbușă.

— Ce mi-o fi trebuind mie să fac așa ceva? o-ntreb.

— Numai tu știi, băiete. În schimb, știu că faci bine ce faci.

— Mi-e frică!

— Adori să-ți fie frică.

— Așa e.

— O să te oprești când nu-ți va mai fi frică.

— Și mai adevărat!

— Te las să-ți dospești panica.

De dincolo de ușa închisă, Christophe, managerul turneului, mă anunță că spectacolul începe în zece minute. Mama fuge să caute un loc în sală.

Pe ecranul telefonului mobil se afișează mesaje de la apropiații care îmi urează o seară triumfală. Gata, mă arunc în flăcări...

*

Fiecare reprezentație este ca o fericire smulsă din ghearele nenorocirii.

Fiecare reprezentație este ca o eternitate furată din ghearele timpului.

Fiecare reprezentație este ca o copilărie regăsită.

*

Mă produc tot mai mult pe scenă. Este oare o soluție să ridic diversiunea la rang de metodă?

*

Scrisul revine în viața mea. În timpul turneului cu *Domnul Ibrahim*, încep lucrul la o poveste, *Doamna Pylinska și secretul lui Chopin*.

Sub pretextul documentării, petrec ore-n șir ascultând muzica lui Chopin. Pe când zbor, visez, freamăt, mă emoționez, mă ambalez, susțin în fața celorlalți și în a mea însumi că muncesc.

În același timp, din ce oare e alcătuită imaginația?

*

Degeaba compun eu ficțiuni, ele tot despre mine povestesc. Citind frazele pe care pana mi le pune pe hârtie după douăzeci și doi de ani, zâmbesc:

„— Care să fie secretul lui Chopin?

— Există secrete pe care nu trebuie să le pătrunzi, ci doar să le frecventezi." (*Doamna Pylinska și secretul lui Chopin*)

„Ceea ce este frumos într-un mister este secretul pe care-l conține, și nu adevărul pe care-l ascunde." (*Variațiuni enigmatice*)

Dragostea aceasta pentru întrebare, pasiunea pentru indecis, vecinătatea cu misterul, flirtul cu adevărul care nu ajunge până la a se consuma, toate acestea se manifestă în cărțile mele, dar se nasc din viața mea. De-a lungul deceniilor, am așteptat ca Mama să-mi dezvăluie enigma nașterii mele, și totuși nu am întreprins nimic pentru a obține informația.

Ambiguitatea îmi dăruiește spațiu pentru visare, libertate.

Incertitudinea, departe de a mă apăsa, mă ușurează.

*

Nu m-a interesat niciodată să știu totul despre mine.

Mare partizan al metodelor psihoterapeutice, îmi încurajez prietenii când încep psihoterapia, îi ascult cu atenție, comentez efectele curei, le aprob progresele, convins.

— Și tu? îmi zic ei până la urmă.

— Eu? Nu vreau să îmi modific echilibrul ori dezechilibrul care-mi permite să exist.

— Cum așa?

— De mai multe zeci de ani mă dovedesc dinamic și prolific. Poate că această putere vine din ignoranță mai degrabă decât din cunoaștere de sine… Dacă aș afla de ce scriu, oare aș mai scrie?

— Deci alegi fecunditatea în locul fericirii?

Nu voi oferi cheile ființei mele nici unui psihanalist și nici măcar mie. Ce m-aș face atunci? Ce ușă ar putea ele deschide?

Fără îndoială, cea a liniștii…

Or, liniștea nu constituie suprema mea aspirație, prefer să acționez, să creez, să vagabondez, să întreprind.

Țin ca necunoașterea de mine însumi să-mi hrănească viața și opera.

*

Mă voi duce într-o zi să vizitez familia Ricklin? Voi simți această nevoie?

*

Îmi plac turneele teatrale, fiecare clipă scoate la iveală ineditul. Să parcurgi kilometri după kilometri, să intri într-un oraș necunoscut, să cauți acolo imediat teatrul precum un călător însetat fântâna, să-i saluți pe cei de la administrativ și tehnicienii considerându-te mai nomad decât oricând, să îți iei în primire cabina, să descoperi o scenă obligatoriu diferită de cea pe care ai călcat în ajun și decât cea pe care o vei utiliza mâine, să o străbați în lung și-n lat, să-ți stabilești reperele, să îți probezi vocea către toate colțurile sălii, să te familiarizezi cu acustica, să experimentezi pe propria piele luminile succesive ale spectacolului.

Îmi plac teatrele, toate teatrele, cele urâte, cele mici, cele somptuoase, cele colosale, cele intime, cele baroce, cele janseniste, cele cochete, cele prăfuite, cele refăcute, cele de refăcut, cele nici făcute, nici de făcut.

Geografia lor, interioară sau exterioară, s-a schimbat în decursul veacurilor.

Teatrul din trecut se înalță în centrul orașului, ca un obiect de preț; situat printre magazine prospere, participă la luxul și la activitatea cetății, vecin cu barurile, restaurantele, torță a vieții nocturne. Teatrele actuale ajung adesea pe centurile orașelor, având alături o parcare pragmatică.

În teatrul din trecut, sala e fastuoasă, iar culisele mizerabile. A fost conceput pentru încântarea spectatorilor. Cine-ar putea crede atunci când se simte la largul lui sub profilele aurite, sub fresca de pe plafon și cristalul delirant al lustrei, printre stucaturile pictate, sculpturile și tapiseriile pestrițe, că dincolo de scena sclipitoare se ascund cabine strâmte, cu podele desfundate, cu tencuiala înnegrită, fără apă, pline de miasme insalubre? Actorii, acești proletari ai miraculosului, acești mineri ai visării, trăiesc îndelung într-o grotă înainte de a se întâlni cu publicul în plină lumină. Cunoscând asceza înaintea apoteozei.

În schimb, teatrele contemporane oferă deseori o sală neutră, prea puțin atrăgătoare, întunecoasă, de un minimalism funcțional, în timp ce dețin culise faraonice – cabine opulente, luminoase, colorate, mai degrabă garsoniere, dacă nu cumva chiar hale transformate în spații de locuit, dotate cu scaune, fotolii, banchete, paturi, toaletă și duș. De ieri până azi actorii s-au îmburghezit: scăpați de statutul de paria, câștigă o pâine mai bună.

Am vreo preferință? Dacă rămân un îndrăgostit de toate felurile de teatru, simt mai degrabă dorința de a urca pe scenă după ce m-am pregătit în cală, înăbușindu-mă între pereții mizerabili ai unui dulap carbonizat. Beției de a spune o poveste se adaugă bucuria de a schimba urâțenia cu frumusețea, strâmtoarea cu spațiul deschis, penumbra cu un curcubeu. Ce trambulină mai bună decât acele locuri întunecoase, nesigure și prăfuite pentru a trece de la realitate la vis?

Turneul cu *Domnul Ibrahim* m-a oprit să alunec în deprimare. Știu în fiecare dimineață pentru ce mă scol: reprezentația de seara.

*

Primul Crăciun fără mama de cincizeci și opt de ani încoace. Sora mea, Alain, Stéphane, Thibaut, toți ne-am strâns la țară, pentru că doream să petrecem acele zile împreună.

Decorul e la locul lui, deja aranjat – pomi de iarnă, ghirlande, cadouri –, dar personal îl percep din culise, lipsit de magie: bradul agonizează, auriul globurilor nu e aur, steluțele consumă electricitate. În plus, Florence și cu mine nu reușim să jucăm spectacolul. Ne spunem textul ca niște bieți figuranți, iar acțiunea lâncezește.

Mă pasionează să privesc chipul lui Florence. Tandreții pe care o resimt față de sora mea i se adaugă tulburarea de a o întrezări pe mama.

*

Vânzarea apartamentului, estimarea bunurilor, rezolvarea succesiunii.

Florence și cu mine moștenim o sumă de bani care mă lasă descumpănit, cu gustul amar al absurdului și lucrului neîncheiat.

— Îți vei putea face un cadou original! îmi zice Yann. Ceva care să aibă sens pentru tine.

Singurul cadou la care visez în perioada Crăciunului nu va veni niciodată. Nici cu o valiză cu permise de liberă trecere nu se poate readuce o moartă printre cei vii.

*

O nouă singurătate urmează sărbătorilor, singurătatea de ianuarie.

Ar trebui o primăvară, iar eu mă scufund în iarnă.

*

Nu mai visez.

Sau îmi pierd memoria.

*

— Și datoria ta de a fi fericit, Éric? Haide, puțină disciplină!

*

Așteptați să mi se-ntoarcă bucuria.

Dacă aș scrie o carte despre doliu, așa aș intitula-o.

*

Închei *Doamna Pylinska și secretul lui Chopin*, povestea unei inițieri într-ale muzicii care se dovedește o inițiere într-ale vieții.

E ciudat cum energiile pozitive îmi hrănesc cărțile în loc să-mi alimenteze existența. Scriu o poveste veselă, luminoasă, chiar dacă înlăuntru se găsesc umbre, iar cotidianul meu rămâne opac, lipsit de vitalitate.

Ce e mai bun în mine nu e disponibil pentru mine, ci doar pentru cititorii mei.

*

Maiestatea Sa Fouki se spală cu religiozitate. Cu piciorul în aer, cu limba lipită de el, își pregătește reapariția în capul de sus al scării, întrucât e datoare față de rangul ei imperial să sosească perfectă, senzațională, uluitoare.

Îmbătrânește. Pregătirile îi iau mai mult timp decât înainte...

Uneori îi întrevăd un clipit care înseamnă: „E teribil că ștacheta e atât de sus!"

Și mama se comporta așa. Se scula mai târziu, îi lua un ceas să ni se alăture, dar nu suporta neglijeul.

Îmi dau seama că încep să dau semne de neglijență.

*

— Vei fi bunic.

Am îndoieli că am auzit bine și rămân ca prostul, cu gura căscată, cu respirația tăiată.

— Vei fi bunic.

Vasăzică, am auzit bine. Mă cucerește un val de plăcere: Colombe, cea mai mare dintre cele trei fiice vitrege ale mele, așteaptă un copil.

*

Începând de ieri, vestea generează o lucrare alchimică în mine. Mă schimb, mă umplu, sângele circulă, bufeuri de bucurie îmi umflă pieptul.

Rănit de moartea mamei, mă împăcasem cu gândul unui viitor care nu mai oferea decât o succesiune de decese. Toamna nu mai ducea decât la o iarnă definitivă. Și, iată, Colombe îmi vestește primăvara.

Cum sunt sensibil la solicitudinea ei, faptul că nu a spus „Voi avea un copil“, ci „Vei fi bunic“ transformă evenimentul major pentru ea în dar pentru mine.

În întreg corpul, din creștet până-n tălpi, mă gâdilă furnicile fericirii! Această naștere îmi aduce renașterea.

*

Între Colombe și mama se legase o autentică prietenie, fiecare bucurându-se de fiecare dată de momentele petrecute cu cealaltă. Își recunoscuseră, probabil, una alteia, o putere comună, ceea ce Colombe mi-a confirmat într-o seară, zicându-mi:

— Mama ta este o luptătoare. La fel ca mine.

Îți venea să râzi de ea, văzând această tânără delicată, subțire, grațioasă, cu încheieturi atât de fine încât uneori era obligată să își cumpere îmbrăcăminte de la raioanele pentru adolescente, considerându-se o luptătoare. Cu toate acestea, luptă și câștigă încă de la prima ei bătaie de inimă.

O boală rară a afectat-o pe Colombe, mucoviscidoza. Provocată de mutații genetice, această malformație augmentează vâscozitatea mucozităților, acumularea lor în plămâni, ba chiar și pe căile digestive. Răgușeală, tuse, flegmă, bronșite ticseau cotidianul Colombei în copilărie, după care o inflamare cronică și o suprainfectare bacteriană nu au încetat să se dezvolte, provocându-i dificultăți respiratorii. În pofida acestor greutăți, înconjurată de o familie mobilizată în cel mai înalt grad, Colombe a practicat gimnastica la trapez și a urmat cursuri serioase, care au adus-o la statutul de judecător în probleme familiale. Deși se închide în camera ei mai mult de o oră pe zi pentru ședința de fizioterapie respiratorie și este supusă la continue cure de antibiotice în doze mari, merge înainte cu forță, determinare, încredere. Prezența ei e sclipitoare, datorată paradoxului pe care îl reprezintă: un suflet înțelept într-un corp ca nou. Figura ei are douăzeci de ani, surâsul o mie. Cunoaște fragilitatea existenței și nu ignoră că moartea dă târcoale. Din vremea studiilor la drept, este împreună cu Tancrède, pe atât de voinic pe cât este ea de subțire, un medic seducător, original, interesat de arte și de teatru.

Mă surprinde că a rămas însărcinată. Firește, ne comunicase dorința ei de a întemeia o familie, dar i se ridicau în față două obstacole: Tancrède, deși îndrăgostit nebunește de ea – sau tocmai fiindcă era îndrăgostit nebunește –, nu părea deloc grăbit; boala i-ar fi făcut sarcina grea, dacă nu cumva periculoasă. Or, cele două lacăte tocmai săriseră în aer: Tancrède se simte pregătit, iar Spitalul Cochin acceptă aventura.

Yann, care conduce un ONG important în domeniul sănătății, la nivel european, nu ia parte la bucuria noastră. E îngrijorat.

*

Ajunge! Mă hotărăsc să lupt împotriva moleșelii, slăbiciunii, lacebunismului.

Mi-am stabilit un pachet de întâlniri, fiindcă vreau să-mi tratez piciorul.

*

Cină la Paris, cu Colombe și Tancrède. Amândoi respiră contagios fericirea.

În restaurantul asiatic cu decor colonial, vestigiu fanat al Indochinei franceze, Tancrède înfulecă felurile de mâncare cu o poftă neobișnuită, de căpcăun.

În schimb, Colombe, care are grețuri, abia se atinge de ce e în farfurie. Deci el s-a hotărât să mănânce pentru amândoi, dacă nu cumva chiar pentru trei?

*

Peste o săptămână, operație la picior. Urgent!

Mama, sau amintirea mamei, aprobă.

*

Intru în cameră. Maiestatea Sa Fouki își ridică din pernele pufoase capul, confuză, cu ochii sticloși. Când mă recunoaște, ochii i se aprind: mă acceptă cu bunăvoință în palatul ei. Se mai uită la mine câteva secunde pentru a se asigura că mă voi liniști, că mă voi întinde în pat ca să citesc, că mă voi așeza la masa de scris, pe scurt, că nu o voi mai deranja, apoi se culcă la loc: are vise cruciale de terminat!

Lucrez la un text.

Dintr-odată, o prezență mă arde parcă.

Fouki mă privește fix, ca o pisică prada. Nu ca să mă-nfulece, ci pentru a-mi da ordine. Maiestatea Sa pretinde să-i dau o bucățică de jambon. Coborâm în bucătărie.

Copiii ei cerșesc batoane. Îi privește: „A, da, vă plac chestiile astea... ce idee ciudată." Daphné și Lulu apucă grăbite batoanele pe care li le întind și se duc în living să le ronțăie, în timp ce Fouki mă privește lung, sceptică la început; catadicsește să prindă încet, delicat, un baton între dinți, cu regret, cu aerul de-a zice: „Dacă-ți face ție plăcere..."

Câteva clipe mai târziu, lipit de ușa întredeschisă, o văd rupând între măsele batonul, încântată, cu privire sclipitoare. Intru rapid, se oprește încurcată și își zice: „M-a prins tocmai când mă delectam, cum ies basma curată?" Se mulțumește să mă ignore și continuă să devoreze batonul, ceea ce înseamnă: „Află că nu exiști."

Încă o dată, Maiestatea Sa blănoasă îmi administrează o lecție de viață: nici fericire, nici sănătate fără o mare doză de egoism.

*

Operația a avut loc de dimineață. Uimitoare politețe a corpului medical, de la medici la asistente, trecând prin infirmiere.

A îngriji înseamnă a avea grijă de cineva... Grijă pe care nu am simțit-o niciodată până acum într-o asemenea măsură.

*

Imediat ce cobor de pe masa de operație, înregistrez timp de două zile, în fața camerei video, un „*master class*" consacrat scriiturii. Cursurile au fost dorite și organizate de o echipă de femei pe cât de organizate, pe atât de curajoase. Energia lor mi-a plăcut.

Mă satisface pe deplin să vorbesc cu pasiune despre pasiunea mea în fața unor femei pasionate.

Și dacă mi-aș vindeca? Nu piciorul, lâncezeala.

*

Colombe nu ia proporții, în pofida sarcinii. Nu doar că greața îi reduce apetitul, dar vomită aproape tot ce mănâncă. Prezența fetusului în pântec îi accentuează dificultățile respiratorii.

— Nici o grijă, ne spune. Mă-ntorc la spital. Dacă mie mi-e rău, atunci celui mic îi merge foarte bine. Trebuie doar să rezist.

Își găsește curajul operând disocierea dintre bebeluș și ființa ei. Sarcina are două chipuri, unul relaxat, celălalt greu de suportat. Ca o adevărată mamă, are deja grijă de copil și îndură pentru el suferințele. E pregătită!

*

Când vine pe lume un copil, vine pe lume și o mamă.

Fiecare naștere este o naștere dublă.

*

Ce nebunie: Festivalul Cărții de la Nisa îmi propune pentru deschidere să scriu o versiune scenică la *Doamna Pylinska și secretul lui Chopin*, pentru un actor și un pianist. Firește, voi lua eu rolul actorului și Nicolas Stavy pe cel al pianistului.

Bruno se alarmează:

— O să ai timp? Trebuie să reașezi textul, să-l înveți pe de rost, să alegi muzica, să repeți cu regizorul. Toate astea peste călătoriile în străinătate pentru lansările de carte și turneul cu *Domnul Ibrahim*.

— Nu, timp n-o să am; tocmai de-asta o voi face.

*

Uneori mă conving că eu conduc timpul mai degrabă decât a-i fi supus. Voluntarismul meu produce această iluzie.

Timpul trece, zic fataliștii. Dar nu prin fața mea, nu fără ca eu să-mi dau seama. Nu în ciuda mea, atâta vreme cât îl pot umple cu ceva.

— Prea-ncarci barca, bombăne Bruno.
— Da, dar era cât pe ce s-o pierd.
Surâde. Simte că într-adevăr îmi e mai bine.

*

Îmi învăț textul, îl întorc pe toate părțile, îmi revin.

*

Colombe rămâne o săptămână la țară. Am primit misiunea să o alimentăm, pregătindu-i felurile favorite de mâncare, fiindcă a slăbit cinci kilograme de la începutul sarcinii.

În pofida entuziasmului cu care ne îndeplinim sarcina, pesimismul ne dă târcoale. Tancrède se întoarce mai repede de la Los Angeles. Colombe nu poate reține hrana și respiră atât de greu, încât aproape că nu se mai mișcă.

În această după-amiază se bătea ușor pe pântec și-i murmura copilului:

— Tu chiar c-ai să poți spune c-ai fost un copil dorit!

*

În ziua de azi, ca în oricare zi, o mamă moare și așa e un pic mai puțină dragoste pe pământ.

În ziua de azi, ca în oricare zi, un copil se naște și așa e mult mai multă dragoste pe pământ.

*

Fouki, Maiestatea Sa îmblănită, doarme douăzeci de ore din douăzeci și patru. Efect al vârstei, fără îndoială, căci împărăteasa japoneză a trecut de șaisprezece ani, ceea ce o face mai mult decât centenară la scară umană.

În schimb, când în sfârșit se arată printre noi, numai ea e de remarcat în încăpere.

De fiecare dată, Daphné și Lulu tropăie nerăbdătoare, o întâmpină, o sărbătoresc. Discret, le acordă o atingere afectuoasă cu botul. „Da, știu: sunteți mulțumiți că mă apropii de voi, e normal."

*

După ce-ai plecat, șopteam, dimineața: „În ziua-n care nu vei mai vedea."

Într-o a doua zi... Într-o a treia...

Ne apropiem de aniversarea lugubră. Acum, nu mai socotesc.

*

Într-o noapte, o mașină i-a dus pe Colombe și pe Tancrède la Paris. Ea nu mai reușea să respire. A fost internată la Spitalul Cochin.

*

Ne învârtim ca leul în cușcă, oră după oră, zi după zi, noapte după noapte în așteptarea de vești de la Colombe. Când le primim, ne cuprinde disperarea. Nu există nici o metodă pentru a-i revigora plămânii în pofida suportului ventilator. Nici o metodă de a o susține. Pierde în continuare din greutate. E transferată la terapie intensivă.

În paralel, se înmulțesc problemele la Teatrul Rive Gauche. În fața lipsei de siguranță, la început Bruno a luptat, apoi, cum angoasa creștea a cedat. Incapabil să înfrunte atâtea drame, se izolează într-un discurs obsesiv, nu mai ascultă pe nimeni, transpiră disperare.

În plus, în curând voi zbura în Canada, unde am acceptat, după trei ani de varii amânări, să prezidez Salonul Cărții din Québec.

Ce e de făcut?

„Treci întotdeauna de partea vieții", zicea mama.

*

După ce mi-am făcut valizele, o contemplu pe Fouki, Maiestatea Sa îmblănită, a cărei îmbătrânire s-a accelerat în ultima vreme. Ea, care sărea din pat proaspătă, cochetă, cu manichiura făcută, cu părul neted, trebuie acum să fie trezită pentru a i se scutura culcușul din care nu mai iese decât ciufulită, confuză, anchilozată, regăsindu-și imaginea superbă abia pe la jumătatea zilei.

Îngenunchez, o mângâi și-i șoptesc la ureche:

— Rezistă, Fouki! Și, mai ales, nu muri! Nu aș avea puterea s-o mai îndur și pe-asta.

Ochii ei de mahon mă privesc cu seriozitate.

*

Colombe a fost înscrisă în registrul național al persoanelor care așteaptă transplant. Conform medicilor, unica soluție este transplantul pulmonar.

Or, pentru a putea fi operată, presupunând că vor apărea plămânii pentru grefă, ar trebui să renunțe la sarcină.

A înțeles și, de două săptămâni, plânge spunându-i adio copilului pe care-l poartă în ea.

*

Te gândești mai puțin la moarte atunci când te lupți concret pentru viață.

În acest moment, nu înmulțesc reflecțiile filozofice despre precaritatea existenței, insuportabila condiție umană, absurditatea destinului nostru. Nu îmi mai pun întrebări legate de viață, o vreau. Pentru Colombe.

Viață, numai viață! Aș pocni orice individ care, blazat, dandy, luându-și poze artificiale, ar disprețui-o. Din fericire, Cioran și alți abstracționiști de teapa lui, cei care cultivă lamentația narcisistă, nu trec prin Salonul Cărții, altfel aș fi sărit la bătaie alimentând presa de scandal.

*

Colombe a născut sub hipnoză. Tancrède a ținut-o de mână. Copilul de patru luni și jumătate a murit; se pare că era perfect sănătos.

Și ea?

*

Sunt la unison cu natura quebecheză care mă îmbată, cenușie, lividă, nici anotimp, nici anotimp de trecere, mai degrabă neant de anotimpuri. Departe de a fi iarnă, mă mulțumesc cu un morman de zăpadă murdară, neagră, duhnind a urină. Copacii goi, contorsionați, torturați, care-și arată mai degrabă papiloame decât muguri, confirmă faptul că viața seamănă cu o îndelungată maladie.

În Québec mă simt groaznic de departe ce ceea ce mă preocupă. În pofida telefonului, din cauza decalajului orar, măsor distanța și propria izolare.

*

Plămânii lui Colombe s-au oprit.

Un aparat îi extrage sângele prin zona inghinală, îl filtrează, îndepărtează dioxidul de carbon, adaugă oxigen și îl introduce din nou în corp.

*

Colombe așteaptă fie organul de grefat, fie moartea.

Cunoscând-o, știu că, fie și sedată, fie extenuată, e conștientă. Se pare că uneori vorbește, surâde, glumește.

*

Drumurile sinuoase ale acceptabilului și ale inacceptabilului...

Acum câteva luni nici nu ne dădea prin gând că ar fi putut fi supusă Colombe unui transplant sau, dacă da, atunci era vorba despre un viitor foarte îndepărtat.

Acum o dorim cu ardoare, terorizați de ideea că nu se va întâmpla. Râvnim din toate puterile ceea ce refuzam. Vechea presimțire a morții a ajuns ultima promisiune a vieții.

*

E nevoie de o moarte pentru a salva această viață.

*

Când propun să mă întorc urgent din Canada, sunt oprit: ar fi inutil, vizitele la spital sunt interzise, cu excepția mamei, tatălui și logodnicului.

Dimineață, Yann mă anunță că un organ pentru grefă sosește la Spitalul Foch. Colombe va fi operată în orele următoare.

Speranță sau panică? Inima îmi bate prea repede.

*

Nu dorm. Mă uit în tavan. Aștept.

La șase mii de kilometri de camera mea de hotel, Colombe este operată.

Și, dintr-odată, mă arunc pe jos și mă rog. Mă rog cu violență, cu intensitate, cu nevoia ca ruga să-mi fie auzită.

După care mă culc la loc.

Apoi o iau de la capăt.

Și așa trece toată noaptea.

*

De ceasuri întregi mă tot uit la telefon. E mort. Tăcerea lui mă sperie. Nimeni nu îndrăznește să-mi spună adevărul.

Când sunt în ascensor, mă sună Yann și mă anunță că operația s-a desfășurat foarte bine.

Mă prăbușesc. Și de bucurie, și de epuizare.

*

Colombe pare salvată. Epidermic, simt nevoia de a sta de vorbă. Dacă mi-am ucis angoasa, nu reușesc în schimb să-mi ascund euforia. Febril, elegant în formulări, povestesc tovarășilor mei de voiaj acea odisee. Ce forță le răspândește modul de a mă asculta! Ochii lor atenți îmi redau puterile, pe când povestea mă obligă să pun ordine în ideile împrăștiate.

*

— Războinica a învins.

I-o spun mamei, de parcă ar fi aici, lângă mine.

*

Întoarcere la Paris.

Colombe stă într-un pat prea mare pentru ea, slăbită dar vie, descărnată dar veselă, lipsită de mușchi dar dotată cu plămâni. Încântată, ne arată cum inspiră și expiră profund, fără a tuși, manevră care nouă, tuturor, ne reușește de mii de ori pe zi, dar care, pentru ea, e o noutate. Miracolul respirației pure. Se minunează de ceea ce noi nu mai conștientizăm.

— Vă dați seama?! exclamă. Nu mai am nevoie de fizioterapie! Câștig o oră și jumătate pe zi. Voi putea lucra tot timpul!

Surâdem, tulburați. Fără această furie a normalității, demult ne-ar fi părăsit.

Dacă se antrenează cineva în datoria fericirii, pe care o prescria mama, atunci ea e aceea.

*

Războinicele fericirii se recunoscuseră între ele.

*

Iubesc viața cu o dragoste reîntărită de frica de a o fi putut pierde.

*

Secvență bruxelleză, noaptea, de-a lungul straturilor de iarbă care mărginesc bulevardul.

— Câți ani are cățelușa? Mereu vă văd cu ea.

— Șaisprezece și jumătate.

Plouă cu complimente la adresa Maiestății Sale din Japonia, care persiflează ceea ce-și spun aceste ființe inferioare; veghind la treburile imperiului, este acaparată de o păpădie care a primit vizita urinară a unui animal pe care îi vine greu să-l identifice.

Când cei ieșiți la plimbare se îndepărtează, mă aplec spre ea.

— Ține-te bine, Fouki. Am nevoie de tine.

Suspină. Mă compătimește fiindcă nu am înțeles că e eternă.

*

Turneu american cu *Domnul Ibrahim*. New York, San Francisco, Los Angeles. În fiecare seară, la ieșirea din scenă, impresionat de primire, am reflexul de a o suna pe mama, după care arunc telefonul în valiză.

La adăpostul cabinei, înainte de a ajunge la recepție, lacrimile-mi curg îndelungi, clare, liniștite aproape. Rămân băiețelul care vrea să își epateze mama care-l iubește.

Durerea și plăcerea se amestecă. Durere, fiindcă mi-e dor de mama. Plăcere, fiindcă ea m-a făcut, în toate accepțiunile termenului. Iat-o prezentă, nu doar sub forma absenței ei, dar și în mine, prin mine.

A fost pentru mine. Sunt pentru ea.

Nu ai dreptul să gemi. Nu ai dreptul la amărăciune.

În lacrimile mele e de acum mai multă bucurie decât tristețe.

*

Întoarcere la țară, la viața simplă sau pur și simplu la viață.

O fâșie de soare care traversează salonul, dreaptă și albă printre storurile coborâte, împodobită cu grăunțe vii de polen ce valsează și se-nvârt, e-ndeajuns pentru a mă ține ocupat.

*

Prostia tristeții: nu semnalează decât ce ne lipsește. Cu degetul îndreptat către absență, indică exact ce nu mai este. O obsedată de neant.

Inteligența bucuriei: ne indică exact ce este. Cu ochii deschiși, se miră că există și că are ce are. O fermecată.

Pentru tristețe, lumea e goală; pentru bucurie, e plină.

Tristețea, o puștoaică mizerabilă, care denigrează.

Bucuria, o fetiță care admiră.

Tristețea, grimasa care neagă.

Bucuria, surâsul care sărbătorește.

*

Pesimismul se mărginește la sistematizarea tristeții, optimismul, la cea a bucuriei. Nici una, nici alta nu enunță un adevăr, ci pune la punct existența. Prima adaugă disconfortul, a doua îl atenuează.

*

De-acum, Fouki obosește. Își petrece zilele ca o somnambulă, prea puțin sigură pe ceea ce face.

*

Ultimele ședințe de lucru la *Doamna Pylinska și secretul lui Chopin*.

După un ultim control, Yann m-a bruftuluit:

— Totul e bine, cu excepția ta! Nu ești nici la nivelul altora, nu ești nici la nivelul tău însuți.

Am protestat, amintindu-i că lăcrimasem în momentul în care Nicolas executase acordurile *Marșului funebru* – mă gândisem la mama. O dovadă de rea-credință: știu foarte bine că la teatru nu trebuie să plângi, ci să faci să se plângă, nu trebuie să râzi, ci să faci să se râdă, nu trebuie să te emoționezi, ci să produci emoție. De mii de ori i-am atacat dur pe cei pe care i-am numit „actorii de primul nivel“, cei care simt în ei lucruri puternice, pe care însă spectatorul nu le simte și el!

— Mai sunt trei săptămâni până la Nisa? Muncește, Éric, muncește. Nu te culca pe-o ureche.

Am ridicat capul, lovit unde mă durea. Mama îmi servea cu regularitate cuvintele acelea, după ce venea de la ședințele cu părinții, de la școală. „Chiar dacă fiul dumneavoastră obține note foarte bune, tot ne dezamăgește. Întrucât reușește să rețină mai multe pagini pe culoar, înainte de ore, și, ca atare, scrie bine la lucrările de control, notele bune le ia la repezeală și fără să-și prea bată capul, în ultimul moment, fără a fi rezultatul unei construcții în timp.“ Mama se apleca spre mine. „Nu te culca pe-o ureche, băiete.“

Utiliza expresia „băiete“ imediat ce plănuia să dea o notă solemnă discuției noastre, spre a mă responsabiliza.

Cuvintele își atingeau ținta: pentru mine, Éric-Emmanuel putea să improvizeze, nu și „băiatul lui Jeannine“. Băiatul lui Jeannine trebuia să se ridice la înălțimea așteptărilor, băiatul lui Jeannine trebuia să își merite acea minunată mamă.

*

Mulțumită lui Yann, lucidei lui durități, am muncit mult în ultimele zile. Cred că am depășit o etapă: nu doar că posed textul, ci și textul mă posedă pe mine. Iată-l deci că vorbește și trăiește de unul singur în mine; am ajuns unealta lui ascultătoare.

Repede, să ne pregătim trusa, husa și mutra supusă: în drum spre teatru!

*

Teatrul Național din Nisa.

Premiera cea mai coșmarescă și mai liniștitoare din viața mea. Chiar dacă lipsit de splendidele lui lumini și de câteva agreabile idei regizorale, din cauza problemelor tehnice, spectacolul a trecut rampa și a încântat publicul.

Mă întorc la mine în cabină. Când, odată demachiat, îmi recuperez chipul, ghicesc în oglindă figura mamei sub a mea, copleșită, melancolică... Însuflețirea mea îi aduce a infidelitate.

Incapabil să mă controlez, izbucnesc în lacrimi.

Să învăț. Să accept.

Să învăț să înaintez fără ea, să călătoresc fără ea, să scriu cărți pe care nu le va citi, să creez spectacole pe care nu le va vedea, să primesc premii fără – ca-n vremea copilului lyonez – să alerg imediat la ea pentru a pândi mândria ce urma să-i inunde trăsăturile. Să accept să nu mai trăiesc de două ori în același timp, ca înainte, o dată pentru mine, o dată pentru ea, pentru a i-o povesti.

Să mă obișnuiesc cu absența ei. Întotdeauna. Și pentru totdeauna.

*

Ne întoarcem în grabă de la Festivalul de la Avignon: în timpul unei plimbări, Fouki a suferit un accident vascular. Paralizată, îndură calvarul și pe veterinarul care dorește să o eutanasieze și a ținut-o drogată până am revenit în Belgia.

Scâncetele i se schimbă când ne zărește, din cușca unde este întinsă pe o parte; mulțumită, se liniștește și speră: „Sunt ei aici, în curând n-o să-mi mai fie rău." Deschidem ușița și o mângâiem. Și-a pierdut obișnuita măreție, este redusă la o cățelușă care suferă, dar se bucură scheunând pentru că și-a regăsit familia.

O strâng la piept. În pofida forței ei mentale, caracterului ei de oțel, nu a putut rezista timpului care uzează și distruge. Plânsul ei exhală tot atâta durere cât scandal: „Ce mi se-ntâmplă? E intolerabil."

Veterinarul o adoarme încet, în timp ce îi dăm dovezi de tandrețe.

Și, dintr-odată, viața își ia zborul.

Gata.

Bulgărele acesta de energie și de voluptate nu mai există. Nu a mai rămas decât o somptuoasă blană inertă.

A fost pe cât de violent, pe atât de silențios.

Suntem răvășiți.

Simt că am să mă prăbușesc din nou...

*

Într-o secundă, o viață de șaisprezece ani a plecat. Șaisprezece ani de afecțiune necondiționată. Șaisprezece ani de frumusețe. Șaisprezece ani de grație absolută. Șaisprezece ani de bucurii, de sărbători, de jocuri. Șaisprezece ani de domnie asupra inimii mele și a familiei noastre, printre care și propriii ei copii, Daphné și Lulu, care acum o caută peste tot.

Peste câteva zile se va întoarce acasă, iar noi îi vom răspândi cenușa în grădină, în jurul teiului unde, alături de mama, îi plăcea să tragă un pui de somn; se va contopi cu trandafirii, cu ierburile, cu straturile de flori, cu boschetele; va rămâne printre noi și va înflori în fiecare an, iar și iar.

Fragil, atât de fragil firul unei vieți...

Știu că a cunoscut fericirea și încerc să păstrez în minte imaginile acelei fericiri. Mai bine e să te bucuri de ceea ce a fost decât să regreți ce nu mai este.

O mică ființă de douăsprezece kilograme a plecat.

— Ei, hai, nu este vorba decât despre un câine! Și nu unul greu, ci de abia douăsprezece kilograme!

Douăsprezece kilograme de iubire? Ba da, e greu. Foarte greu.

Și care cântărește mai mult de o tonă atunci când pleacă.

*

Animalele scot ce e mai bun în noi.

În fața lui Fouki am fost tandru, loial, bucuros, iubitor, răbdător, responsabil.

Dacă a dus o viață frumoasă de câine alături de mine, și eu am dus o viață frumoasă de om alături de ea.

*

Grație unei cățelușe, m-am minunat în fiecare dimineață că exist, am întâmpinat fiecare zi ca pe un dar, am mers, am alergat, m-am jucat, am observat natura și anotimpurile, am dormit cu voluptate, am muncit liniștit, am degustat cotidianul fără sastiseală, m-am străduit să-mi exalt sentimentele.

Profesoara mea de fericire a plecat. Cum voi face, mamă, pentru a mă achita de sarcina fericirii?

*

Fouki ne-a redeschis rănile. Moartea nu i s-a redus numai la propria moarte, ci a oferit o metaforă a altora. În acest moment, fiecare dintre noi și-a pierdut pentru a doua oară dispăruții săi. Rătăceam prin casă, jenați să ni se încrucișeze privirile ochilor plânși.

Fiica ei, Daphné, e deprimată. După ce a tot așteptat să își regăsească mama, imediat ce împingeam vreo ușă, mi-a făcut semn din bot către pernele, covoarele, boschetele pe unde se întindea Fouki. Nu știu cum să-i explic ce s-a întâmplat sau ce nu se va mai întâmpla... Cât despre Lulu, acestuia i s-au înmulțit bolile. Diaree, eczeme, infectări ale rănilor, încearcă totul pentru a scăpa fie de suferință, fie de imposibilitatea de a înțelege. Acum șchiopătează... Cei doi trăiau de doisprezece ani alături de mama lor.

Cât despre noi, oamenii, ne concentrăm asupra veștii bune: Corpul lui Colombe acceptă grefa, drept care ea va ieși în curând din spital.

*

Din când în când, ne uităm unii la alții și ne zicem:

— Vă dați seama? Am fi putut-o plânge pe Colombe în vara asta, dar îi merge bine. Foarte bine.

Cât de lentă ne e bucuria... Nu explodează. Poartă încă îngrijorarea în spate. Și noi la fel, ne revenim după patru lui de luptă și de tratamente intensive.

De fapt, ne apucăm de o operațiune insolită: doliul doliului. Gândindu-ne prea mult că s-ar fi putut să o pierdem pe Colombe, am admis posibilitatea aceasta undeva, în adâncul nostru... Iar acum trebuie să scăpăm de aceste gânduri.

*

Reprezentație cu *Doamna Pylinska și secretul lui Chopin* la Nohant, pe proprietatea unde compozitorul a locuit împreună cu George Sand.

Domeniul bucolic și liniștit propune un festival în fosta stână de lângă castel.

Afară sunt 38 de grade, în sala care nu e climatizată și mai mult, ba încă și mai și pe scena îngustă spre care sunt îndreptate reflectoarele. Cât pot să blestem blana falsă pe care o îmbrac pentru a o încarna pe Doamna Pylinska! Cine și-ar pune vizonul la saună?

Publicul se dovedește captivat pe loc, așa că uităm, și el și noi, de etuva estivală.

La un moment dat, Nicolas dilată bizar tempoul din *Prima baladă*; aruncându-i o privire, îl descopăr pe punctul de a leșina, după care își revine superb și încheie piesa cu fuga de cuviință.

Revigorați de public, ducem mai departe spectacolul la perfecție. După care ne refugiem în curte, cu hainele leoarcă. Răcoarea nopții mă reface, dar rămân sub tensiune, fiindcă trebuie să le răspund spectatorilor pasionați dându-le autografe pe cărți.

Ajungem în sfârșit înapoi, în mașină. La volan, Christophe, managerul cu inimă de aur, înjură comportamentul unui angajat, când simt că mi se face rău.

— Trebuie să iau puțin aer...

Cobor geamul: nu e de ajuns.

Christophe oprește într-o benzinărie.

Deschid portiera, pun picioarele pe pământ și leșin.

Când redevin conștient, sunt întins pe asfalt, cu Christophe și Nicolas aplecați peste mine. Alarmați. Murmur:

— Nu vă speriați. Șoc vagal. Părinții mei erau specialiști.

Bucuria de a reveni la viață. Inspir aerul rece și iute al câmpului. Stelele străpung cerul. Apa pe care Christophe mi-o toarnă printre buze mi se pare nectar. Îmi retrăiesc viața de la naștere la maturitate, știind ce părăsesc, ce recuperez, ce mă așteaptă. Beția de a exista…

Ne reluăm drumul, care ține câteva ore bune și simt o mare bucurie până în momentul în care mă arunc pe pat.

Confidență, numai pentru jurnal: mă bucuram la fel de mult și când am leșinat. „Fac ca ea, mi-am spus fulgerător, și-o-ntâlnesc."

*

Moartea pare prea adesea soluția durerii. Imposibil de calculat ocaziile în care mi-am strigat: „Ajunge, trebuie să-nceteze imediat!", dorindu-mi să mă prăbușesc definitiv.

Providențial, e în mine o instanță care rezistă pe loc în fața acestei exclamații.

Dacă o parte din mintea mea emite această dorință sinucigașă, o alta o distruge.

Trăiesc o diviziune.

Sunt o diviziune.

*

Colombe se întoarce acasă, după mai multe luni de spital.

*

Dintr-odată, mă pun pe scris.

Nu așa ar fi trebuit să se desfășoare vara. Obligat să mă odihnesc, prefer să lupt împotriva forțelor neantului, mă dau de partea vieții, adaug viață vieții.

Cartea se va intitula *Félix și izvorul invizibil*.

*

Nostalgia-n avans...

Sentimentul acesta a luminat toate momentele pe care le-am trăit cu mama în ultimii ani, nu doar atunci când o părăseam pentru a urca într-un taxi, trimițându-i saluturi îndelungi la care răspundea din balcon. Când ne plimbam, când stăteam de vorbă, când luam parte la un spectacol, ba chiar când fremătam de mulțumire, o distanță subită îmi comanda: „Profită! Într-o zi, lucrul acesta va dispărea." Chiar dacă aparțineam scenei pe care o împărtășeam amândoi, tot o copleșea un recul. „Savurează, gustă, îmbrățișează, căci clipa zboară." Realitatea lua deja forma amintirii.

Nostalgia-n avans...

O lovitură de pumnal a viitorului implântată-n prezent.

O lovitură de pumnal a nefericirii în inima fericirii.

O lovitură de pumnal a neantului în ființă.

*

Această nostalgie-n avans vine din spiritul care murmură: „Pe-asta o țin minte, e frumoasă și prețioasă."

Un sentiment pe cât de trist, pe-atât de blând.

Sarea existenței.

*

Să cultivi gustul pentru unic, să măsori fragilitatea, să percepi efemerul.

Pentru a nu rata nimic, pentru a nu pierde nimic, voi practica și mai mult nostalgia-n avans.

*

Cartea înaintează. Se impune.

Mi-a cerut să existe și-am ascultat-o.

Departe de a o dicta, ea mi se dictează.

*

Nu voi fi fost decât moașa cărților mele.

Cât de mult îmi place acest termen feminin!

*

Am încheiat prima formă a cărții și, grație lui Gisèle, am curățat-o, am scuturat-o, am ceruit-o.

După ea, au citit *Félix și izvorul invizibil* și Yann, și Bruno.

Întorcându-se la mine, mi-au strigat:

— Îți dai seama ce-ai scris?

— Ce?

— Povestea unui băiat care reușește să își învie mama.

Rămân un timp fără cuvinte: nici vorbă să-mi fi trecut prin cap gândul în aceste săptămâni.

*

În septembrie mă mut la Teatrul Rive Gauche pentru a interpreta *Domnul Ibrahim și florile din Coran*. Deși am trecut deja prin două sute de reprezentații, riscul Parisului mă înspăimântă. În capitală, abundența de săli, exigența răsfățată a spectatorilor îmi dau impresia că joc pentru întâia oară.

— Când nu o să-ți mai fie frică, vei opri totul, îmi repetă mama.

Țâșnesc pe scenă cu energia taurului care intră în arenă.

*

Machiaj, demachiere! Niciodată nu m-am privit atâta în oglindă ca în această lună de spectacole.

Îmi place să văd chipul mamei într-al meu.

*

Privesc țintă reflectarea mea în oglindă timp de o oră și acolo ești. Carne și suflet. În mine.

*

Joc *Domnul Ibrahim* cu casa-nchisă și nimeni nu se miră. În afară de mine.

*

Mă privea ca pe o ființă unică, incomparabilă, dotată. Iată cheia destinului meu: am crezut în privirea mamei.

*

Morala teatrului.

Nu-mi zic niciodată: „La ce bun?“ Când îmi folosesc vocea sau sunt atent la precizia consoanelor, nu mi se pare că am făcut destul. „Cine va observa detaliile astea?“ îmi suflă un sceptic din fundul cabinei. „Eu“, răspunde mama. Și-atunci o iau de la capăt, insist, perseverez. Grimase, mlădierea corzilor vocale, musculatura buzelor, lucrul cu dentalele, cu siflantele... Încerc să nu scrâșnesc „r“-urile în manieră belgiană, ci să le rotunjesc. „Trrr. Drrr. Vrrr.“ Și iar...

Știu că totul e-nscris în ordinea efemerului. Pe când, de obicei, cuvintele mele de autor curg în bronzul indestructibil al unei cărți, aici nu scriu decât pe apă, alcătuind valuri ori reflectări în conștiința spectatorilor, a căror memorie, într-o bună zi, se va șterge la rândul ei. Și totuși nu mi se pare derizoriu. Mă voi dezlănțui oricum, chiar dacă teatrul cuprinde, după mărimea lui, trei sute sau două mii de persoane. Chiar dacă mă produc în capitală sau într-un târgușor, îmi voi mobiliza toate puterile. Face focul economie de el însuși? Face flacăra calcule? Orice-ar fi, mă voi consuma.

Uneori îmi spun că, poate, în public sunt așezați oameni pe care nu mi-ar plăcea să-i cunosc mai bine, dar nici gândul acesta nu mă oprește. Au venit la teatru, loc sacru al omenescului, așteaptă tot ce e mai bun, așa că le voi oferi tot ce pot mai bine.

Plăcerea celorlalți e mântuirea mea.

*

Tinerețea ți-o ocupi cu pregătirea pentru viață, iar bătrânețea cu amintirea a ceea ce ai trăit. Făcând acestea, ratezi prezentul, singurul care există, căzând în două capcane, cea a viitorului care nu există și cea a trecutului care nu mai există. Cât timp pierdut! Sau, mai degrabă: cât prezent pierdut!

Ar trebui să nu trăim decât clipa, sub unicul ei soare. Amintirea nu luminează, stinge. Cât despre planuri, acestea nu distilează decât raze înguste de lumină, selective și sărace asupra realității imediate.

În timpul doliului, teatrul sau scrisul nu m-au smuls de la esențial, ci m-au condus înapoi la el: trăirea clipei pe scândură, trăirea clipei pe foaia de hârtie. Prin ele am cunoscut intensitatea devoțiunii față de prezent.

Viața ca Acțiune a grației.

*

Să te ferești de doi asasini: nostalgia și speranța. Care ucid prezentul.

*

Reprezentațiile pariziene m-au extenuat, cu atât mai mult cu cât, odată încheiată cea din urmă, printre ședințele Goncourt, am luat avioane pentru a ajunge la lansările cărților mele în mai multe țări: Italia, România, Turcia, Georgia.

Pentru a-mi reface tonusul, plec cu Yann și cu Bruno la Praga, pentru câteva zile. Nu poate decât să-mi placă un oraș pe care, la vremea lui, Mozart l-a iubit cu ardoare.

*

Praga.

În prima noapte mi-a fost imposibil să adorm. Pe la două dimineața am reușit să schimb camera. Degeaba! Problema în mine era.

Transpiram, inima îmi bătea prea repede, mă sufocam.

*

Deși sedus de Praga, sufeream de crize de angoasă necontrolate, incontrolabile.

Astfel, în după-amiaza aceasta, la Operă, în timpul *Macbeth*-ului lui Verdi, executat mediocru, nu am mai avut aer, mi-am simțit pulsul accelerându-se și mi-am dorit să ies la aer curat.

Am încercat împreună să ne dăm seama ce îmi provocase starea de rău, din cele ce mâncasem, și am conchis că era vorba despre exces de sare.

*

Întoarcere la Bruxelles. Intru în panică la gândul de a mă culca, fiindcă știu că inima îmi va bate de să-mi sară din piept, că mă voi prăbuși în angoasă, că nu voi ațipi.

*

Trei nopți bătând trotuarele bruxelleze pentru a-mi regla inima, pentru a-mi epuiza trupul. Somnul mă ocolește.

*

Panică. Sentimentul absurdului. De ce să trăiești? De ce să te încăpățânezi să trăiești? La ce bun?

*

Lucrul angoasant în angoasă este că aceasta nu are obiect.

Frica desemnează dușmanul. Angoasa, nu.

*

Angoasei nu-i e frică de nimic, ci e frica nimicului.

*

— Intri într-o altă etapă a doliului, sugerează Bruno. Întrerupând brusc munca, suprimi tensiunile și stresul obișnuite, care te țineau în picioare. Deci îți pierzi reperele. Dar va trece și asta.

Totuși, aceste crize mi se par străine de durerea mea.

Tristețea nu împarte nimic cu angoasa. Când mi-e dor de mama, mă prăbușesc într-o prăpastie, o prăpastie delimitată, înconjurată de amintiri. Când simt angoasa, cad în gol, un gol pur, infinit, fără pereți și fără fund.

Când sunt trist, mă pot agăța de trecut. Când sunt angoasat, nu am nimic de care să mă prind.

În tristețe tot rămâne o ființă, o ființă care ne lipsește. În angoasă nu e decât neant.

*

Cer sfatul lui Alain G., medicul meu curant.

Acesta procedează prin excludere, verificând analizele cardiace, pulmonare și bănuind o cauză psihologică.

— Duci prea multe greutăți pe umeri, ai prea multe responsabilități: teatrul tău din Paris, opera de scriitor, reprezentațiile ca actor, regiile, călătoriile în străinătate, lecturile obligatorii pentru Academia Goncourt.

Stăm la taclale ca niște prieteni intimi, cuprinși de fericirea delicată a descărcării sufletului.

Mă sfătuiește să recurg la un psihoterapeut pentru a-mi putea încheia doliul. Admit cu umilință că singur nu aș reuși; totuși, în mine, continui să nu cred că aceste crize au vreo legătură cu mama.

— Éric, nu știm totul despre noi înșine.

Sunt de acord.

*

Crizele continuă.

*

Sunt tot mai groaznice.

*

Duminică după-amiază joc *Domnul Ibrahim* la Bruxelles, iar eu nu am închis un ochi de treizeci de ore. Alain vine de urgență. Îmi evaluează panica și îmi prescrie un anxiolitic.

După ce îl înghit, mă ghemuiesc pe jos, direct pe podea, ca un animal rănit care nu dorește decât să fie lăsat să moară.

*

Plecăm la țară pentru Crăciun și m-am hotărât să nu mă mai ating de cutia de anxiolitice, chiar dacă o țin pe-aproape: cu un sfert de pastilă dorm cam douăsprezece ore.

Cât despre psihoterapeut, cartea lui de vizită e la mine în buzunar, dar încă nu mă decid să formez numărul de telefon.

*

Crizele de angoasă revin.

*

Totul mă irită, oamenii, știrile, filmele, cărțile. Trec prin sat pentru a-mi plimba câinii, aruncând priviri îngrozite în interiorul caselor.

— De ce nu se sinucid oamenii ăștia? Ce viață degeaba! Ca a mea.

Daphné și Lulu mă calcă pe nervi. Când se uită la mine așteptând un sărut, o mângâiere, un joc, un os, o plimbare, îi persiflez:

— La ce bun, amărâților? Încă ceva de mâncare, ăsta vă e scopul?

Sunt conștient că înjur, mă răstesc, exagerez, delirez, scuturat de un val de insulte devastatoare, de o silă universală.

Seara, m-am uitat la luna înecată în ceață și am apostrofat-o, de parcă ar fi încarnat-o pe mama:

— Norocul tău c-ai dat colțul. Cel puțin, treaba-i gata!

*

Nu mă mai recunosc în nimic din ce gândesc. Nu mai sunt eu însumi. Altcineva mi-a luat locul.

*

Cât o să mai rezist așa?

Și de ce să rezist?

*

Doar o întrebare pertinentă: de ce nu sunt mai multe sinucideri?

De ce se cramponează oamenii?

Pentru mine, scandaloasă nu e moartea, ci viața.

*

Viitorul meu constă într-un spital de psihiatrie. Nu există altă ieșire.

*

Pipăi cartea de vizită a psihoterapeutului. O să-l sun?

La ce bun?

*

În timp ce, acoperit de sudoare, cu respirația tăiată, mă învârt iar și iar prin încăperi, pentru a-mi potoli inima înnebunită, Yann exclamă:

— Parc-ai fi un toxicoman!

Mă opresc: o idee mă lămurește.

Am fost otrăvit.

*

Sunt convins că am descoperit originea răului.

La Praga, unde au început tulburările, observasem în trusa cu medicamente un miros dubios, dar nu controlasem mai îndeaproape cauza. Dimineața și seara luam din trusă dozele tratamentului prescris.

Or, constat acum că un flacon e deschis, iar conținutul lui impregnează textura trusei și celelalte cutii. Scot flaconul: pe etichetă e un cap de mort.

Un fungicid cumpărat din Statele Unite, pentru micozele unghiilor, se vărsase peste tot. Pe când eticheta interzicea chiar și inhalarea, eu îl înghițisem când luasem pilulele contaminate.

Da, eram otrăvit. Nu de cineva anume, ci de propria mea neglijență.

*

Confirmare experimentală a teoriei pe care o emisesem: de când am curățat trusa și am aruncat la gunoi medicamentele infestate, nu mai transpir, inima îmi bate calm, mi-am regăsit somnul și angoasa m-a părăsit.

Presupusesem corect că acele crize nu aveau nici o legătură cu mama, că nu trebuiau psihologizate, ci fiziologizate.

Depresia? Fără legătură cu tristețea, se referea la corp, nu la spirit. Fiindcă un drog îmi modificase echilibrul chimic, mă prăbușisem. Imediat ce l-am suprimat, mi-am regăsit caracterul și sentimentele.

Un intrus se infiltrase în mine și mă manipula. Diavolul se reduce la ceva molecular. Diavolul e chimic.

*

Mă preocup din nou de datoria mea de fericire. O etapă a fost depășită: mi-am recuperat natura pozitivă, mă bucur și sunt conștient că o am.

Mama nu mi-a făcut numai darul *vieții*, a reușit ceva încă și mai bun: mi-a oferit *viața frumoasă*. Curioasă, plină de vitalitate, atentă, energică, sprintenă, dotată cu o memorie excepțională, sensibilă la prezent, practica uimirea și cultiva bucuria.

E rândul meu!

*

— Ce-o să faci cu banii de la mama ta? mă întreabă Bruno.

— Aștept să-mi vină o idee bună, dar nu pare grăbită să-și facă apariția.

Nu vreau ca acești bani să rămână bani, să sporească în cont unde se vor confunda cu alte depuneri, până când nu-i voi mai recunoaște. Trebuie să extirp cifrele.

*

Sentimentele merg câte două, ca umbra și lumina.

Nu există sentimente celibatare, toate trăiesc în cuplu.

În acest moment, Tristețea mea gătește alături de Bucurie. Nostalgia mi-a invitat Veselia la dans, pentru a sărbători vremurile bune de altădată, dar Veselia socotește c-o va zăpăci. Credința și Îndoiala fac o călătorie de nuntă în deșert. Braț la braț, Încrederea și Angoasa se plimbă în noaptea înstelată; când una își scrântește glezna, cealaltă o susține. Nepăsarea oferă un buchet de flori Îngrijorării și unii chiar pretind că Disperarea cere în căsătorie Speranța.

Prostia noastră e că le separăm. Păstrând numai Speranța. Suprimând Tristețea. Arestând Îndoiala.

Dar, fără Îndoială, Credința devine intolerantă, apoi violentă și ulterior ucigașă.

Dar, fără Tristețe, Bucuria ajunge să se cunoască atât de puțin, încât fie se ignoră, fie se dezintegrează.

Dar, fără Disperare, Speranța se preschimbă-n prostie.

Să nu le dorim divorțul. Să încercăm mai degrabă să ne găsim locul în mijlocul acestor tensiuni.

*

„Te iubesc."

Nici măcar șoptite, nici măcar murmurate nu mi-a adresat vreodată aceste trei silabe – „te iubesc". Nu e nevoie să se enunțe ceea ce e evident! Să exclami „E frumos afară!" când afară e frumos înseamnă să vorbești degeaba.

Nici eu nu i-am spus vreodată „Te iubesc". Mi s-ar fi părut grotesc. Dovezile de dragoste fac mai mult decât declarațiile de dragoste. Să lăsăm vorbele pe seama mincinoșilor sau panicarzilor.

*

Iubirea nu trebuie îngropată cu vorbe. Cuvintele zdrelesc, corup, abuzează, învrăjbesc, exagerează, devalorizează, distrug, aparțin la fel de bine naivilor și vulgarilor, cinicilor, fricoșilor, șmecherilor, leneșilor, escrocilor, proștilor.

Mama și cu mine împărtășeam aceeași convingere: iubirea este o floare de preț care se păstrează printr-o liniște sacră, de teamă să nu poarte apoi cicatricea unor termeni inadecvați.

*

Cinci săptămâni în blândul Montréal, orașul călduros din climatul glacial. În două decenii, Québecul a sfârșit prin a ajunge țara străină în care am petrecut cel mai mult timp – mă surprind, de altfel, ca, utilizând termenul „străină", să-l găsesc nepotrivit, într-atât sejururile mele aici au alcătuit țesătura unor senzații familiare.

Québecul se dovedește un pur și magistral rezultat al încăpățânării omenești: să durezi orașe pe un teritoriu ostil, să edifici o națiune cu indivizi veniți de peste tot, să se vorbească franceza în America de Nord. Pe plăcuțele de înmatriculare, mai repede decât să se scrie „Îmi amintesc", mai bine ar fi înscrise cuvintele „Nimeni nu are obligația imposibilului"[1]. Quebechezul reprezintă un paradox: un suflet de fier îmbrăcat într-un hanorac umplut cu puf. Pe când istoria demonstrează că locuitorii Québecului se dovedesc bătăioși, încăpățânați, îndârjiți, ba chiar agresivi, aceștia te întâmpină joviali, blânzi, amabili. Soarele care, la acea latitudine, li se dăruiește cu zgârcenie, îl poartă în inimi, și seninul în zâmbete.

Dacă Statele Unite sunt masculinul, Canada e femininul. Pentru primele, viața se organizează în jurul așa-ziselor valori virile, agresivitate, cult al reușitei, gust al forței, tentația violenței, dragostea de putere, imperialismul cuceritor. Pentru a doua, de dezvoltat sunt valorile interiorității și ale căminului, refugiul, armonia, pacifismul, grija pentru realizarea personală. O dovedește literatura, fiindcă este de ajuns să cităm Premiile Nobel obținute pentru a înțelege: Ernest Hemingway pentru Statele Unite, Alice Munro pentru Canada.

Deocamdată, repet aici *Misterul Carmen*, un text pe care l-am creat la Opera din Paris sub formă de concert-lectură – *Misterul Bizet* –, dar care devine un adevărat spectacol grație lui Lorraine Pintal, o

---

1. *Je me souviens*, deviză înscrisă pe stema Canadei începând din 1883, apare în acest fel pe toate plăcuțele de înmatriculare ale mașinilor din Canada; *À l'impossible nul n'est tenu*, expresie franceză cu originile probabil în Evul Mediu, de domeniul filozofiei și al teologiei – astfel, Sfântul Toma d' Aquino o utiliza în forma sa latină: *Nullus tenetur ad impossibile.* (N. tr.)

comoară de inteligență și de energie, care ne îndrumă pe mine, pe cântăreți și pianistul quebechez.

Mai degrabă decât un personaj, încarnez naratorul care conduce ancheta asupra morții lui Bizet, scormonește prin trecut, reflectează asupra sensului operelor, pictează fondul unui tablou de epocă și oferă câteva analize filozofice. Rolul meu cere autoritate și, sub acest bloc de autoritate, sculptez ulterior câteva nuanțe.

Marie-Josée Lord, splendida soprană de origine haitiană cu care împart scena, îmi spune de dimineață, amuzată de cămășile și costumele în care m-a văzut apărând în cele două săptămâni de repetiții:

— Sunteți îndrăgostit de albastru.

Surprins, roșesc cu atât mai mult cu cât remarc pertinența observației: fără să o fi premeditat, îmbrăcămintea mea parcurge albastrul în multiple variante. Pentru a-mi ascunde tulburarea, răspund lăudăros:

— Culoarea misticismului.

Mă gândesc la nuanțele de albastru ale frescelor sau altarelor care mă vrăjesc în pictura italiană. Însă mă înțeapă acul adevărului:

„Iepurașul meu albastru..."

Glasul tandru al mamei îmi revine în memorie:

„Iepurașul meu albastru..."

Porecla pe care mi-o dădea când eram doar între noi...

De unde să-i fi venit acea imagine? Nu am auzit niciodată pe nimeni folosind acea formulare, nu am reperat-o nici în vreo carte sau în vreun film.

„Iepurașul meu albastru..."

Cuvintele ne dăltuiesc destinele. Se știe că prenumele și patronimele proiectează asupra vieților noastre luminile sau umbrele lor – psihanaliștii o explică atunci când își tratează pacienții, romancierii o folosesc atunci când își botează personajele –, însă este neglijată amprenta pe care o lasă și aceste expresii glumețe, aruncate din zbor, care par să nu aparțină decât clipei în care trec prin aer ca un freamăt.

Dacă acest „iepuraș albastru" nici nu m-a dotat cu dinți de rozător, nici nu mi-a lungit urechile, în schimb m-a făcut să caut în albastru un refugiu, protecția afectivă, un sentiment de siguranță.

Astă-seară îmi contemplu hainele din dulapul hotelului, care, în loc să atârne, se însuflețesc, în conciliabul unele cu altele, iar eu murmur, adresându-mă mamei: „Bună alegere!"

*

În această dimineață, o lumină inedită.

Îmi închipui că îmi inventez viața când, în realitate, o calchiez după a mamei.

Se dusese în Canada să danseze, o lună-ntreagă, în timpul Expoziției Universale de la Montréal, din 1967.

Eu ce fac în acest moment? Rămân o lună la Montréal pentru a juca la Théâtre du Nouveau Monde.

La Montréal, mama prezenta dansuri franceze din epoca barocului. Eu prezint muzică franceză din epoca romantismului.

Ea inova, eu reproduc.
Și asta mă încântă...

*

Premiera cu *Misterul Carmen.*

Fără ca publicul s-o știe, îmi aduce în primul rând un triumf personal, fiindcă m-am rănit acum două zile pe trotuarele Montréalului. Faimoasa gheață neagră, acel polei atât de șlefuit de nisip încât devine mai negru decât asfaltul, a dat cu mine de pământ. Genunchiul drept, cel care fusese operat, nu a rezistat.

Am acum o însușire fiziologică rarisimă: la mine, călcâiul lui Ahile e la genunchi.

Paralizat de durere, incapabil să mai merg, mi-am petrecut ultimele repetiții spunându-mi textul de la marginea scenei, dintr-un scaun cu rotile care nu putea risca să intre în decorul în pantă...

Mi s-a sugerat să amân premiera: am refuzat din respect față de public și de partenerii mei deja gata de spectacol. Am fost sfătuit să folosesc niște anti-inflamatoare eficiente: nu le-am acceptat de teamă ca sedativele să nu-mi altereze concentrarea.

Astă-seară, am fost condus în scaunul cu rotile până la ieșirea din culise și acolo, imediat ce a răsunat muzica, m-am ridicat, am intrat în scenă și am început spectacolul. Miracolul adrenalinei: am rezistat cele două ore. Pentru o clipă, genunchiul a cedat sub mine, publicul a tresărit, m-am agățat de pian și toți au crezut că alunecasem pe o treaptă a decorului.

După ce ne-am plecat în fața publicului care aplauda în picioare, ne-am serbat bucuria în foaierul actorilor. Yann și Bruno au sosit primii lângă mine – Gisèle, bolnavă, rămăsese în Europa –, știau cât sufăr și, odată cu felicitările, m-au certat înfuriați pentru că îmi pusesem sănătatea în pericol pentru spectacol. M-am apărat:

— Lucrul acesta dovedește puterea spiritului asupra corpului.

— Când corpul ți se va face praf, n-o să mai ai asupra a ce să îți exerciți forța!

O aud pe mama în spatele reproșurilor lor.

După care prietenii, cu Denis Robert în frunte, au năvălit în foaier și am cules astfel roadele vitejiei de moment.

Mă amuză un detaliu. Văzându-mă imobilizat, cu piciorul ridicat, cu genunchiul înfășurat în cuburi de gheață, unii spectatori au o grimasă sceptică: își închipuie că joc teatru, dar nu mai înainte, pe scenă, ci acum…

*

Reprezentația merge minunat și genunchiul merge mai bine; condamnat la ore îndelungate de imobilitate în camera de hotel, îmi dau seama că se apropie aniversarea mea, deci și aceea a morții mamei. Doi ani…

Am lăsat prea multe gânduri în șantier. Trebuie să închei ceva.

*

Avionul traversează Atlanticul pentru a mă readuce în Europa. Cât ține zborul de noapte, pasagerii ațipesc în jurul meu, în timp ce eu scriu.

Stewardesa este amuzată de singularitatea comportamentului meu:

— Domnule Schmitt, dumneavoastră nu dormiți niciodată?

— Niciodată în avion.

Partea reptiliană a creierului meu nu admite să umblu prin aer și îmi interzice să adorm, pentru a rămâne vigilent, gata să intervin în caz de pericol.

Degeaba îi răspunde un alt pol al creierului că, nul fiind în ale aeronauticii, în ale mecanicii, în ale informaticii, nu aș ști cum să reacționez în cazul unei catastrofe, instanța reptiliană nu se lasă: eu veghez.

Dormiți liniștiți, dragi tovarăși de drum, țin garda sus.

*

Aterizez la Bruxelles cu două sarcini urgente în minte: să vizitez familia Ricklin și să mă duc la cimitir.

E timpul să mă lupt cu fantomele.

*

Casa se adăpostește în scobitura dintre două dealuri, într-o vale împădurită pe unde curge un râu. Singura clădire din împrejurimi, o fostă fabrică de hârtie în ruină, își încheie existența cu ferestrele sparte, acoperișul prăbușit, folosind drept refugiu corbilor sau bălăriilor; douăzeci de metri mai în spate, moara de apă, năucă parcă, și-a încetat și ea activitatea, roata încremenindu-i deasupra firului de apă, urmaș al torentului de altădată.

Taxiul mă lasă în fața unei porți joase roșu închis.

Casa familiei Ricklin seamănă mai degrabă a decor de cabană decât a cabană. Porumbei din lut ars cocoțați pe burlane, buldogi lăcuiți păzind pragul, colivii agățate ici-colo cu vrăbii de porțelan înăuntru, jucării metalice care șuieră când bate vântul, mușcate pe marginea ferestrelor, oale de pământ și jardiniere de-a lungul fațadei acoperite de iederă, nimic nu lipsește pentru a crea o atmosferă țărănească.

— Intră, Éric, intră!

Solange Ricklin își scoate capul coafat printr-o lucarnă și mă încurajează:

— Apropie-te!

Chiar se vede că înaintez de parc-aș da înapoi?

René Ricklin deschide ușa joasă, ceea ce declanșează un concert de clopoței care îți zgârie urechile.

— Ce ne bucurăm că ne vizitezi.

Își întinde greoi brațele spre mine, iar eu îi strâng mâna cu palma uscată. Le ofer o cutie de ciocolată cumpărată de la Bruxelles.

— De la Bruxelles?

Faptul că e de la Bruxelles li se pare fabulos...

Schimbăm câteva amabilități și mă iau să le vizitez maghernița strâmtă, de care sunt la fel de mândri ca Ludovic XIV de Versailles. Fac risipă de complimente la adresa pânzei pepit, a pernelor brodate, a mobilierului ceruit peste măsură, a podelelor cu plăci de argilă tocite, a tapetului fanat. Mă înflăcărez cu pasiune, sinceritatea mea neavând vreo legătură cu conținutul exclamațiilor, ci cu grija de a le fi pe plac. Grămada prodigioasă de obiecte inutile îmi permite să improvizez și îmi dă treptat încredere – într-atât mă tem de discuția care va urma...

Ne întoarcem în livingul strâmt, aproape de șemineul încărcat de buchete de flori uscate. Cei doi Ricklin se afundă în fotoliile care parcă-i înghit. Aici, la ei acasă, mi se par foarte bătrâni, mai bătrâni decât în timpul ședinței de autografe de la Strasbourg; s-au micșorat așa, în hainele și între mobilele lor.

Se ridică dintr-odată pentru a-mi propune ceva de băut, jenați că uitaseră s-o facă.

— Vin? Pariez că ești ca tatăl tău.

— Ei da, Paul chiar le trăgea pe gât!

— René a pus deoparte câteva sticle de la noi, din Alsacia.

— Solange, Alsacia înseamnă și de la el de-acasă. Familia Schmitt locuia la Colmar.

— Din care vrei? Alb, bine-înțeles?

Simt că i-aș supăra dacă aș refuza. Inventez o petrecere de aseară, mult prea din belșug udată cu alcool, ceea ce mă împiedică să mai beau ceva azi; minciuna enormă convinge mai bine decât adevărul – nu beau alcool.

— Atunci, un ceai de plante? încercă Solange, dezamăgită.

— Ah, nu-ndrăzneam să...

— Firește, un ceai de plante o să te dreagă, îmi strigă, surprinsă și ea de propriul reflex matern.

În ciuda oaselor care-i trosnesc, se repede spre bucătărie, în timp ce René pleacă să caute ceva prăjituri. Se agită împiedicându-se, într-un adevărat talmeș-balmeș. Și, deși agitați, se grăbesc încet.

— Ce fel de ceai de plante? De Ceylon sau Earl Grey?

Familia Ricklin nu face diferența dintre ceai de plante și ceai normal. Mă distrează să semăn o asemenea frământare:

— De bergamotă.

Solange își strecoară capul pe ușă, în living.

— Îmi pare rău, nu am decât de Ceylon sau Earl Grey.

— Atunci Earl Grey.

— O să vezi, e la fel de bun!

René Ricklin a profitat de episod pentru a aduce o cutie metalică plină cu fotografii.

— Le-am pus deoparte, duminică, gândindu-ne la tine.

Mă impresionează câtă osteneală își dăduseră; în timp ce eu îmi imaginam că vizita nu avea importanță decât pentru mine, în realitate conta la fel de mult și pentru ei.

Ne uităm la pozele din trecut, în care tata apare tânăr, printre judocanii pasionați. Solange și René recunosc cu satisfacție toate chipurile ale căror nume ori trăsături nu-mi amintesc nimic.

Gust din prăjitură, un soi de turtă aspră care mi se lipește de limbă.

— Nu cumva ai uitat să pui drojdie? întreabă strident René strâmbându-se, îngrozit de ceea ce tocmai înghițise.

Solange își privește bărbatul cu un dispreț zdrobitor.

— Nu se pune drojdie în pandișpan.

— E foarte fad.

Solange catadicsește să se uite la bucata pe care i-o arată. Clipește. Și răspunde incisiv:

— Am schimbat forma.

Impresionat, René mai duce o bucată la gură.

— Indigestă, totuși...

— Pandișpanul meu, indigest? Nu sunt decât chestii bune în el.

— Da, dar...

— Mai du-te la dentist, bietul de tine. Pandișpanul meu e foarte bun.

Se întoarce și-mi zice, ușor agresivă:

— Nu-i așa?

Simt capcana închizându-se: ori mă pun rău cu el, ori mă pun rău cu ea. Aleg o a treia cale:

— Voiați să-mi spuneți ceva despre tata?

— Ei, da... în fine...

Emoția li se așterne pe chipuri. Bolborosesc:

— E plăcut să evoci trecutul...

Se sfătuiesc. Discret, ea îi ordonă să înceapă el. Bărbatul își drege glasul:

— Te treceau fiori când îl auzeai pe Paul vorbind despre tine. Era atât de mândru! Atât de mândru!

Solange îl corectează:

— Era îndrăgostit!

— Poftim?

— Tatăl tău nu avea destule cuvinte de laudă.

Cobor, încurcat, privirea. Solange tresare.

— Cum adică? Nu știai?

— Mai degrabă beneficiam de ceartă și observații neplăcute.

René Ricklin continuă încruntat, de parc-aș avea zece ani:

— Normal, își făcea datoria de tată.

Solange Ricklin se strâmbă, gustând și ea din turtă.

— Trebuie c-am uitat să pun albuș bătut.

— Vezi?! exclamă soțul victorios.

— Taci din gură. Numai cine nu muncește nu greșește.

Se privesc lung și, de comun acord, închid povestea cu pandișpanul.

Solange se întoarce spre mine.

— Pe la spatele tău, sărea-n ochi că te idolatriza. Ohoho!

— Ohoho! îi întărește René spusele.

Solange îl privește atentă, sperând să continue el. Cum bărbatul se oprește, bătrâna scutură iritată din bărbie și se apleacă spre mine.

— Vorbea despre tine înainte să...

— Înainte să ce?

— Înainte să te naști.

— Poftim?

— Își amintea perfect ziua în care...

— Ziua-n care ce?...

— Ziua în care s-a făcut.

Oftează satisfăcută. René dă din cap, admirativ.

Mă uit atent la ei, consternat de faptul că stau de vorbă cu doi nebuni. Îmi vine să plec și, aproape fără să vreau, mă ridic în picioare.

Se cutremură amândoi. Solange își ceartă bărbatul:

— Așa ne-ncurcăm, René: nu pricepe nimic.

— Ba da, pricepe.

— Ba nu.

Bătrâna mă prinde de braț. Cu un gest rugător, mă face să mă așez la loc, își ține respirația, apoi mă întreabă:

— Te-ai născut în martie 1960, nu-i așa?

— Da.

— Deci ai fost conceput în iulie.

— Ei... da... fără îndoială.

— Sigur! Nu ești nici cățeluș, nici elefănțel, deci ai fost conceput în iulie 1959. Unde? La Beauvallon!

— De acord.

— Ei bine, tatăl tău afirma că își amintea ziua în care te-a conceput împreună cu mama ta.

— Poftim?

— Într-o după-amiază caniculară, în timpul siestei.

Domnul Ricklin își recapătă curajul și continuă:

— Nu doar că vorbea despre asta ani mai târziu, dar mi-a spus-o și-n ziua aceea.

— Poftim?

— Tatăl tău a venit lângă mine, pe tatami, pe la șapte seara, ora de antrenament. Paul era un bărbat frumos, dar, în seara aceea, radia, era-n al nouălea cer. L-am ironizat, a izbucnit în râs și mi-a spus că făcuse, împreună cu mama ta, o „siestă“ extraordinară și că, dacă nu va avea un copil după o asemenea după-amiază, nu mai apucă altă dată.

— Tatăl și mama ta hotărâseră să mai facă un copil, explică Solange. „Băiat sau fată?“ l-am întrebat. „Ce contează! mi-a răspuns. Dar, după Florence, un băiat ar fi ideal. Alegere regală!“

Solange conchide:

— Și, nouă luni mai târziu, ai sosit tu!

Sunt stupefiat. Tot ce am crezut aceste zeci de ani se prăbușește. Îmi privesc fix vârfurile pantofilor și îngaim:

— Asta... asta voiați să-mi spuneți?

Aprobă în cor:

— Da... Nu e ceva banal, nu-i așa?

Pufnesc, mulțumiți de efect. Solange se-ntoarce spre René:

— Puțini oameni știu când și-au conceput copilul.

— Iar copiii lor și mai puțin, adaugă bătrânul.

— Paul și Jeannine au avut acest privilegiu. Rolul nostru a constat în a ți-o spune.

Murmur cu voce albă:

— Vă mulțumesc.

Solange mă strânge de mână.

— Părinții tăi te adorau și te-au făcut adorându-se.

Fără a înțelege ce mi se întâmplă, îmi dau lacrimile.

*

Familia Ricklin mi-a dăruit un tată care este chiar al meu.

*

Rușinea o fi izbucnirea adevărului?

În orice caz, mi-a colorat toate gândurile.

Copleșit de propria eroare, mă condamn, îmi cântăresc ingratitudinea, abjecția considerațiilor mele privitoare la tata; înțeleg că am pus pe seama mamei o duplicitate care-i nega onestitatea și îi batjocorea dragostea profundă pentru soțul ei. Mă descopăr un ticălos, meschin, suspicios, feroce, obtuz, mizerabil. Mă urăsc.

Cine pune perversiunea pe seama altora nu face altceva decât să și-o exercite pe a sa.

Rușinea este lumina neagră a lucidității.

*

Îmi revizitez memoria în lumina a ceea ce de acum știu.

Ochelarii de cal cad, evidențele mă copleșesc. Îmi revin în fața ochilor scene pe care le interpretasem greșit...

Astfel, acea după-amiază când, la țară, mama îmi mărturisise că îl înșelase pe tata, după o ceartă cu acesta. De atunci așteptasem o a doua mărturisire, cea mai importantă, cea care mă privea direct. Cum de putusem da dovadă de atâta orbire? Mama îmi precizase „l-am înșelat o dată", ba chiar specificase

„după ce te-ai născut tu“ și, mai ales, amintise de furia teribilă a tatei care, ca un macho rudimentar, întorsese acea poveste pe toate fețele, până la ultima suflare. Ar fi suportat un asemenea bărbat și cel mai mic dubiu privitor la fiul lui? Ar fi crescut un asemenea gelos copilul unui rival? Evident, nu. Povestindu-mi acea rătăcire, mama nu deschidea ușa către alte mărturisiri, ci o închidea. Departe de a-mi pune originea sub semnul întrebării, îmi oferea un certificat de filiație.

Prostia mea nu văzuse însă nimic.

Ce inepție și atunci când crezusem că întrezăresc o fâșie de adevăr în expresia tatălui meu „hazardul geneticii“! Lansa acele cuvinte imediat ce i se făcea un compliment legat de mine, pentru a-și ascunde emoția sub umor, pentru a se apăra de o mândrie ridicolă cu o ironie fină. Striga sus și tare *hazardul geneticii* și gândea *carne din carnea mea, sânge din sângele meu.*

Când mama, auzindu-l, îl bombănise încetișor – „Ei, Paul, nu poți să spui așa ceva!“ –, nu o păcătoasă ori o soție supusă bănuielii se indigna, ci o îndrăgostită care recunoștea în fiul ei prelungirea soțului venerat.

*

Eventuala subtilitate de spirit pe care o dețin nu a folosit la altceva decât la a naște erori. Dacă există aici inteligență, atunci este una care s-a abătut de la drumul bun.

Nu simplitatea a fost punctul meu forte.

*

Cât de tare ne iubim greșelile! Cât de tare ne sperie adevărul!

Am așteptat toată viața o mărturisire care nu a venit niciodată. Și pe bună dreptate! Nu fusese vorba decât despre o poveste pe care singur mi-o creasem și pentru care așteptam o confirmare din afară.

*

Rușinea mea are drept bază umilința de a nu fi ceea ce credeam că sunt, adică un om corect și lipsit de prejudecăți.

*

Dacă, într-o zi, va descoperi cineva această mărturisire, va afla și despre rușinea aceasta. Însă nu mi-e rușine de rușinea mea, căci constituie singurul petic de onoare care-mi rămâne.

*

Trecutul are chipul prezentului. Se strâmba când mă luptam cu tata; azi, surâde.

Îmi vin în minte amintirile momentelor de fericire trăite alături de tata: plimbările prin pădurea de la Pilat, care ne permiteau să luăm masa așezați pe mușchi, printre tufișurile cu miros de turbă; escaladarea unor stânci; lungile expediții pe schiuri; discuțiile nocturne în jurul unui planiglob; pianul nou făcut cadou în adolescența mea.

Are loc o triere. Îmi schimb copilăria.

*

Sâmbătă dimineață.

Mă trezesc, am șaisprezece ani.

Tata, aplecat deasupra mea, mă privește tandru. E clar că stă acolo de ceva vreme, așteptând să ies din somn.

Mă ridic și întreb, clătinându-mă:

— Cât e ceasul?

— Unsprezece.

— Aoleu... nu mi-am dat seama.

— Normal, aveai nevoie să dormi.

Probabil am o mină zăpăcită, fiindcă fața i se luminează.

— A fost magistral aseară. M-ai uluit. Nu știam că ești așa de talentat.

Cobor pleoapele, emoționat. În seara din ajun, am jucat și am regizat prima mea piesă la clubul de teatru al liceului, *Grégoire sau de ce mazărea e verde*.

Mă soarbe din ochi, intrigat, admirativ, iubitor.

— E dat naibii băiatul ăsta al meu!

Mai mult decât un armistițiu între noi, declarația a inaugurat o eră: dacă teatrul produce astfel de efecte, voi adora teatrul.

*

Un amănunt mă împiedică să mă urăsc, voința, afirmată de-a lungul deceniilor, de a-mi iubi tatăl. În pofida reticențelor mele viscerale, în pofida incompatibilității noastre de caracter, am ales să-i întorc ceea ce-mi oferea, adică respect și afecțiune.

Cuvintele amabile și mângâierile nu mi se potriveau, dar mențineam aparențele la nivelul corectitudinii.

Decisesem să-l apreciez. Fără a fi sigur pe rezultat, făceam eforturile necesare.

O datorie de dragoste mai mult decât un elan de iubire.

*

Mă-ntreb încă o dată: teoriile mele anterioare nu cumva țineau de simplificare?

Credeam că mă constrâng să-l iubesc; totuși, când a suferit accidentul cerebral care l-a paralizat, n-am mai putut dormi bine un an întreg, sfâșiat și eu interior, în propria-mi carne, simțind ce i-o răvășea pe-a lui.

Or, emoția aceea dorisem ulterior să o șterg. Și reușisem.

*

Îmi amintesc iarăși de visele mele.

Ceva se destinde în mine, pe măsură ce îmi reapropriez tatăl pe care mă las în voie să-l iubesc.

Nu mă tem nici de această eliberare a sentimentelor, nici de această eliberare a viselor. Până unde mă vor duce?

*

Taxiul mă poartă până la cimitirul Sainte-Foy-lès-Lyon, unde, acum doi ani, am însoțit-o pe mama până la groapă.

Un soare de chihlimbar, vesel, îmbucătățește clădirile, insolent, excesiv de puternic – se răzbună pe reținerea la care l-a supus iarna; florile umplu ramurile, păpădiile scot capetele printre pietre, copacii ori mărăcinișurile colcăie de frunze, polenul zboară. Hotărâtă, primăvara cucerește orașul.

Urcăm panta de la Fourvière. Zâmbesc. Lyonul își recuperează geografia originală: mama mă așteaptă în vârful colinei.

Când ajungem în sat, trecem prin fața școlii primare, apoi prin fața grădiniței. Oprim la stop. Nimic nu s-a schimbat: copiii ies de la școală, unii râzând, alții preocupați, sunt așteptați de mamă, de o vecină, de o soră mai mare, cei mici înfofoliți, cei mari îmbrăcați mai potrivit. Lumina mi se pare aceeași în care-mi sunt îmbăiate amintirile, crudă, contrastantă. Uitându-mă la fațade, regăsesc totul identic, timpul nu a curs pe aici: zidurile din anii ’50 își arată vârsta prin stil, prin vetustul tencuielii, dar, în ochii mei de băiețel, deja păreau străvechi. Ciudat... Dacă nu aș fi conștient de cei cincizeci și opt de ani ai mei, aș coborî din mașină pentru a mă întâlni cu realitatea de odinioară, rămasă intactă.

Taxiul demarează din nou. Ne apropiem de cimitir. Șoferul se îngrijorează:

— Ce tot arată aparatul ăsta?

Sistemul de navigare indică un drum pe care el, profesionist cu experiență, îl consideră greșit.

Ezită și se întoarce spre mine.

— Săgeata arată spre dreapta, deși aș fi luat-o mai degrabă la stânga. Ce părere aveți?

Răspund, din reflex:

— Să urmăm săgeata. Dacă se înșală, schimbăm direcția. Morții au tot timpul.

Mă ascultă. Prin urmare, facem ce e indicat pe ecranul care, după nenumărate viraje, ne lasă în fața unui câmp plin de buruieni, printre niște construcții.

— Ciudat, nu? exclamă șoferul.

— Programul dumneavoastră este devansat cu o sută de ani și indică singurul loc în care încă se mai putea adăposti un cimitir.

Am senzația că programul, simțindu-mi confuzia, s-a dezorientat din empatie.

Șoferul pornește mai departe.

— O să merg pe unde știu eu.

Înaintăm și observ că suntem pe o alee numită Alban Vistel. Imediat îmi vine în minte chipul acelui erou al Rezistenței, cu trăsături nobile, adâncite de vârstă, autor a mai multe cărți, care mi-a acordat un premiu pe când aveam șaisprezece ani – Premiul Rezistenței – pentru un text în care preamăream victoria asupra nazismului. Înmânându-mi premiul, mi-a șoptit la ureche: „Ești un scriitor înnăscut și-ți vei găsi mântuirea prin scris“, ceea ce m-a lăsat fără cuvinte.

Ce belșug de amintiri! A hotărât oare trecutul să-mi aducă o gardă de onoare până la cimitir?

Taxiul oprește în fața gardului înalt din fier forjat.

— Vă las aici și parchez un pic mai încolo, la umbră. Nu vă grăbiți.

Picioarele îmi tremură, dârdâi, ceafa mi-e rece, sunt impresionat că mă prezint la această întâlnire, de parc-aș fi așteptat.

Urc încet aleea așternută cu pietriș. Nimeni nu este în cimitir în dimineața aceasta, nici vizitatori, nici muncitori și nici nu se anunță vreo ceremonie. Respir ușurat.

Picioarele mă duc fără greș până la monumentul din granit cenușiu, împodobit de parcă ar fi din marmură și atât de neted încât pare lăcuit. Litere aurite, gravate, anunță sobru: *Paul Schmitt 1928 – 2012. Jeannine Schmitt născută Trolliet 1930 – 2017.*

Lacrimile mi se scurg impetuoase, intense, lipsite de gânduri, lacrimi pur și simplu. Nu știu ce povestesc lacrimile acestea ale mele. Dar sunt aici. Esențiale. Sunt eu însumi.

Nu, mama nu m-a mințit niciodată: tata era chiar tata, iar ea odihnește pentru totdeauna alături de el. Cu atât mai bine.

„Vino cu mine la cimitir să-l vedem pe taică-tău!“ Nu mă dusesem să mă reculeg lângă piatra aceea pestriță, în pofida nenumăratelor rugăminți.

„Vino cu mine la cimitir să-l vedem pe taică-tău!“

Uite c-am venit. Mama a reușit.

După ce-a plecat, mama mi-a oferit acest dar: mi-a restituit un tată, tatăl meu, dragostea tatălui meu, dragostea pentru tatăl meu. Iată că în sfârșit îl iau în considerare mai degrabă sentimental decât printr-un efort de voință pe acest tată, fiindcă îl privesc prin ochii mamei mele, fie ei și închiși.

Ce răsturnare de situație! Sunt acum în fața mormântului părinților mei și gândurile mele se îndreaptă către amândoi.

Când mi se mai potolesc lacrimile, ridic ochii și privesc în jur. Cimitirul în pantă, așezat pe coasta dealului, are peisajul la picioare, oferind un tablou panoramic. Încă o dată, mama alesese din punctul de vedere al păsărilor. Existența i-a fost marcată de coerență. Începând de la apartamentul copilăriei, care domina Lyonul, până la acest cimitir așezat pe o colină, a ales numai locuri care să bucure, nu să deprime, și să transforme universul într-un spectacol. Toată viața – și-a ei, și-a noastră – s-a purtat ca o artistă; a dăruit-o, modestă, cu armonie. Aparținea acelei categorii de oameni, anonimi și numeroși, care nu atrage lumina, ci o produce.

Îmi înțelegeam acum lacrimile... Vorbeau despre nefericirea de a-mi fi pierdut două ființe dragi și despre fericirea de a fi gândindu-mă la ceea ce aceste ființe îmi oferiseră. Melancolia și gratitudinea se amestecă.

Deasupra, pe creasta dealului, niște câini în lanț latră cu glas răgușit. Lucru care mă irită, fiindcă îmi aduc aminte că morții nu mai au auz.

Cu toate acestea, chiar dacă nu mai au auz, tot stau de vorbă cu părinții mei. Vorbele îmi ies de-a valma din gură. Chiar dacă mă simt ridicol, continui până când apare cuvântul care îmi sintetizează tot acest discurs interminabil:

— Mulțumesc.

Clipă în care îmi sună telefonul. Pe ecran apare un mesaj. Îl citesc: „Te iubesc."

Iubirea vieții mele îmi dă un semn. Hazardul să fie? Destinul?

Răspund: „Și eu te iubesc", și-o fac chiar eu, care de luni de zile mă arătam incapabil să pronunț ori să scriu vreo vorbă afectuoasă.

Pe granitul cenușiu, fire de mică sclipesc în soare. Părinții, de acolo de unde odihnesc, îmi sugerează: „E bine-n brațele-n care trăiești."

Repet:

— Mulțumesc.

Tresar dintr-odată, privind mormintele vecine cu cel al familiei mele. Vocea tatei îmi zice, ironică:

— Ai văzut între cine locuim?

Confirm, citind inscripțiile de pe monumentele funerare de alături: între un domn Connard și un domn Volage![1]

Recunosc umorul tatei și râd în hohote împreună cu el.

De-acum trebuie să plec.

Dar nu e cum. Imediat ce fac doi pași pentru a mă îndepărta, lacrimile mă opresc și mă întorc lângă părinții mei.

Mă întorc, mă întorc, mă întorc. Și le vorbesc, iar și iar. Mărturisesc privilegiul de a fi fiul lor. Sunt atât de mândru! Mulțumesc.

---

1. În traducere liberă, Bouleanu, respectiv Flușturel. (N. tr.)

În sfârșit, mă smulg de lângă mormânt și cobor spre gard.

Și astfel se încheie călătoria mea de doi ani: o voi percepe ca pe o rătăcire, ca pe un drum greșit.

*

De dimineață am dus flori la mormântul părinților mei.

Fiul vostru care vă iubește.

*

Picnic cu morții?

Încă din adolescență am stat deoparte de Ziua Morților, de acel moment din noiembrie când familiile își curăță și își împodobesc mormintele. Mi se părea că drumul la cimitir însemna să vizitezi nimicul sau, în cel mai bun caz, pe tine însuți. Cu multă aroganță, mi se părea fie o naivitate, fie o complezență egocentrică în care crizantema înlocuia narcisa.

Mi-am descoperit greșeala.

Plimbarea pe aleile cu morminte m-a zguduit. Sunt conștient de ambiguitatea scenei: părinții mei nu aveau statutul de persoane concrete, le vorbeam unor ființe care după toate aparențele nu mă auzeau. De altfel, această dualitate se prelungea în mine: îmi doream în același timp să fie aici și să nu fie, fiindcă, dacă ar fi fost aici, de tare multă vreme m-ar fi tot așteptat, mama de doi ani, tata de șapte.

Nu mi-am regăsit părinții ducându-mă la mormântul lor, însă au căpătat o asemenea consistență, încât cursul gândurilor mele a fost deviat. Absența-prezența lor m-a tulburat, m-a tonifiat, m-a liniștit după care m-a pus pe drumul cel bun.

Ce înseamnă o întâlnire? Ceea ce delimitează un *înainte* de un *după*. Și chiar am avut o întâlnire lângă monumentul din granit.

*

Mă întâlnesc cu sora mea și cu familia înainte de a interpreta *Doamna Pylinska și secretul lui Chopin* la Teatrul Caluire. După dinamismul, tonusul și tenul ei luminos, constat că și Florence se simte mai bine, lucru care mă bucură enorm. Cum mă impresionează și că rămânem la unison și în durere, și în vindecarea ei. Frate și soră de viață, frate și soră de moarte.

Să fie oare adevărat că doliul are nevoie de doi ani? Eu, care m-am împotrivit atât de mult acestei idei, îi experimentez realitatea atât prin Florence, cât și prin mine însumi.

Hotărât lucru, fiecare individ se pretinde diferit și refuză să înțeleagă că împărtășește una și aceeași condiție umană.

*

Nimic mai puțin unic decât să te crezi unic.

*

— Ce-o să faci cu banii de la mama ta? mă întreabă Bruno.

Pentru întâia oară îi răspund:
— Sunt și banii de la tata.

*

Drumul face o mare cotitură arunci când bucuria urmează tristeții: te bucuri de viața unei ființe în loc să îi deplângi moartea.

*

Împins de obligația fericirii, pe care o aveam față de mama, încerc să recuceresc bucuria. Dictatul semnat de propriul intelect găsea prea puțin ecou în inima mea. Apoi, încet-încet, bucuria rănită, lovită de moarte, dureroasă, a intrat într-o convalescență care se ghiftuiește de viață.

În aceasta stă dificultatea doliului: o ia pe două drumuri independente unul de altul, timpul deciziei și timpul sentimentelor.

Să vrei, simultan, să fii fericit și să nu fii fericit.

Totuși, nu poți deveni fără a o fi hotărât.

Timpul deciziei precedă și inspiră timpul sentimentelor.

*

Cu fericirea se întâmplă la fel cum se întâmplă cu iertarea: trebuie s-o hotărăști pentru a o face să existe.

*

Timp de douăzeci de ani m-a trezit cu blândețe. Mângâindu-mă cu o mână pe spate, susura:

— Éric, trebuie să te scoli. E vremea.

Mă prefăceam că nu o aud, ca s-o mai țină așa. În fiecare dimineață, pătrundeam în zi aspirându-i parfumul, savurându-i răbdătoarea tandrețe.

Când în sfârșit mă întorceam cu fața, șoptea:

— Ai visat frumos?

— Da, mama, o să-ți povestesc.

Primul lucru important de făcut pe acest pământ era să-i ofer o poveste creată în imaginația mea.

Așa se fabrică un scriitor...

*

Totuși, și tata a fabricat un scriitor după *Grégoire sau De ce mazărea e verde*, atunci când mi-a spus, la sculare, că puteam câștiga liniștea și admirația lui inventând piese de teatru.

Și destinul, la fel ca propria carne, de la părinți îmi vine.

*

I-am visat pe tata și pe mama. Vânduseră casa de la Écully și se mutaseră într-un cort imens, în apropierea unui lac, un cort bej cu falduri maiestuoase, un cort de sultan sau de rege berber. Adăpostul din pânză ni se părea, mie și surorii mele, magnific, dar vântul îi umfla periculos pereții. Îngrijorați, ne întrebam: ce se va întâmpla în caz de furtună?

În plus, cortul era sprijinit pe o pantă abruptă. Nici o îndoială că, la cea mai mică ploaie, apa avea să pătrundă înăuntru și-apoi, dacă s-ar fi dezlănțuit furtuna și pământul ar fi devenit alunecos, ar fi tras întreaga construcție până la fundul lacului.

Am observat că și părinții noștri ne împărtășeau teama, dar nu scoteau nici o vorbă. Erau radioși, în pragul vârstei de șaizeci de ai, tata sportiv, mama zveltă, rasată, elegantă.

Florence și cu mine am reușit să mobilizăm o echipă de volei, iar tinerii atleți au fixat cortul pe o platformă din lemn ridicată pe piloni. Nici vârtejurile de vânt, nici valurile nu aveau s-o mai dărâme.

Părinții ne zâmbeau liniștiți, dar tot tăcuți. Păreau foarte atașați de noul lor mod de viață.

La trezire am resimțit o nesfârșită bucurie fiindcă îi revăzusem împreună, uniți, îndrăgostiți, superbi. În vis, aveau vârsta noastră de acum, a surorii mele și a mea.

După care m-am întrebat care să fi fost înțelesul acelui miraj...

Îmi imaginasem mormântul lor, locul în care odihnesc de acum amândoi fericiți, un mormânt din pânză, ușor, prins pe o colină, prin care bate vântul, un mormânt prin care respiră adierea spiritului.

Idee care îmi aduce o liniște imensă.

*

Ungaria.

De pe terasa hotelului, contemplu Dunărea care își arată puterea pașnică sub podurile Budapestei. Dacă eu o privesc cu uimire, ea râde de stupoarea generată de statutul său de Dunăre, de semeață și indiscutabilă Dunăre, fluviu pe care l-au ales cele mai sclipitoare orașe pentru a se oglindi în el, colos ce irigă zece țări, divinitate acvatică unică printre celelalte ca ea, care curge de la vest la est. Oricum, nu este interesată de ce spun oamenii despre ea, această Dunăre care nu este albastră și care se aruncă într-o Mare Neagră care nu este neagră.

Azi, 28 martie, este aniversarea mea. Mi-am prevenit apropiații că nu vreau să o sărbătoresc fiindcă îmi aduce aminte de moartea mamei. Auzindu-mă spunând acest lucru, membrii ambasadelor Franței și Belgiei au ascuns cu eleganță tortul pe care, la fel de elegant, îl comandaseră.

Sper să trec peste această zi fără prea multe daune interioare. Mă concentrez mai degrabă la dezastrul cultural orchestrat de prim-ministrul Viktor Orban în țara lui prin tăierea subvențiilor pentru teatre, aducerea editorilor și librarilor într-o situație precară, limitarea fondurilor la cele destinate învățării dansurilor folclorice.

Câteva cuvinte de la Maïa, fiica mea vitregă acoperă ecranul telefonului mobil. Liberă, de nestăvilit, nu mi-a respectat interdicția. Din mesajul ei vibrând de dragoste, o frază deschide în mine o ușă: „Ca în fiecare an, ziua aceasta este a ta și a mamei tale. Cea mai bună zi a vieții voastre. Ziua în care v-ați descoperit și din care nu v-ați mai părăsit până-n clipa în care a decis destinul."

Iată-mă împăcat într-o clipă cu propria aniversare. Mai mult decât ziua plecării ei, această zi este aceea a întâlnirii noastre, a mea și a mamei. De-acum, o voi sărbători mereu.

*

Sora mea îmi trimite o fotografie veselă și triumfătoare: este pozată împreună cu Alain și gemenii pe balconul unei cabane de la munte, care este a ei. Și-a realizat visul cu banii de la mama.

Bucurându-mă pentru ea, mă înfierez pe mine. Oare eu cum îi voi cheltui?

*

În sfârșit am găsit locul cuvenit amintirii în viața mea: îmi îmbogățește realitatea fără a o întuneca; departe de a o anihila, îi dă volum.

Amintirile de la mama adaugă paragrafe în cartea existenței mele, nu o sărăcesc.

*

Fericirea nu este un copil, ci o văduvă. Fiindcă a trăit, dorit, iubit, s-a bucurat, a plâns, a câștigat, a eșuat, a regretat, a sperat, a disperat, fericirea știe prețul oamenilor, fragilitatea vieții, privilegiul luxos de a exista, beția de a fi aici, de a resimți emoții, de a se face una cu lumea și de a-i percepe frumusețea.

Adevărata fericire își arată maturitatea; chipul îi poartă mii de riduri și de cicatrice. Nu există fericit ca un fost nefericit.

*

Din nou un vis în această noapte.

Am mai bine de nouăzeci de ani, aproape o sută. Nu-mi dau seama dacă sunt culcat la mine acasă ori într-un salon de spital, într-atât mi-a ajuns conștiința de labilă, confundând orele, locurile, veghea și somnul. Mi-am pierdut câinii, prietenii, iubirile... Mai țin la ființe mai tinere decât mine, dar m-am obișnuit cu ideea că le voi părăsi.

O mână mă freacă pe spate cu delicatețe. Mă întorc și îmi rostogolesc capul pe pernă. Mâna îmi mângâie fruntea, apoi un chip se pleacă spre mine, aureolat de tandrețe și lumină.

— Ai visat frumos?

— Ah, da, mama, o să-ți povestesc.

*

Sub degetele mele, curge, cântă, încântă... Șoptitoare, foșnitoare, uite cum tropotește, se umflă, explodează, apoi se potolește, luminoasă, aurită, producând melodii care urcă de-a lungul cărților, scapă-n mănunchiuri pe scara largă, încălzind în volute toate etajele casei.

Mama e aici, sub degetele mele. O ating, iar ea-mi răspunde.

Am descoperit cum să folosesc suma de bani pe care mi-a lăsat-o. Luni de zile am căutat o modalitate de a face palpabil abstractul.

Un pian de concert o va încarna pe mama până la sfârșitul zilelor mele. Călăuzit de Nicolas Stavy, am fost prezentat câtorva dintre pianele cele mai rasate care locuiesc la Paris, apoi, dintre mai multe campioane, am simțit că mă îndrăgostesc fulgerător de un Steinway. Dragoste la prima ascultare! Pus la punct de un meșteșugar, demnul cal de luptă a înfruntat orchestre simfonice și a răspuns unor mâini excepționale, cele ale solistelor supreme; de acum nu le va mai cunoaște decât pe ale mele. Îi dăruiesc o pensie blândă.

Mama e aici, sub degetele mele. Are glasul lui Bach, Mozart, Chopin, Fauré, Debussy.

„Nu, n-o să lași pianul!“ Într-o seară s-a opus hotărâtă deciziei mele. După ce eu cerusem să urmez acele cursuri, pe la nouă ani, la unsprezece începusem să am greutăți în a mai face progrese; neobișnuit să îmi reziste vreo materie, m-a cuprins furia, m-am certat cu profesoara, nu am mai exersat – ceea ce mi-a agravat dificultățile – și am cerut ferm să abandonez tortura inutilă. Numai că m-am lovit de mama, care, uzând de autoritate, nu a capitulat: „O să continui!“ Câteva luni mai târziu i-am mulțumit, fiindcă atinsesem acel nivel care îți permite să cânți cu plăcere. Și i-am mărturisit că îi sunt recunoscător de multe ori: nu doar că pianul constituie anticamera oricărei muzici, dar îmi este și un confident, o sursă de echilibru și de încredere.

Mama e aici, sub degetele mele, scânteietoare, senzuală, intimă.

„Nu, n-o să lași pianul!“ Și nici n-o să încetezi să iubești frumusețea, să-ndrăgești arta, să rămâi sensibil la ceea ce crește, consolează, ridică ori celebrează fericirea de a exista.

Morții sunt niște vii care ne-au creat. Și vor fi acei morți pe care-i vom crea din ei.

Deși moartă, mama nu e muritoare. Rămâne în mine, e ce e mai bun în mine, aspirația mea spre esențial. Așteptați să-mi revină bucuria? Mi-a revenit.

Mama e vie-n dimineața aceasta și nu e ultima oară când îmi va dărui bucurie.

La prețul de vânzare se adaugă 2%,
reprezentând valoarea timbrului literar.

În seria de autor **Eric-Emmanuel Schmitt**
au apărut

Milarepa
Domnul Ibrahim și florile din Coran
Oscar și Tanti Roz
Copilul lui Noe
Viața mea cu Mozart
Secta Egoiștilor
Evanghelia după Pilat
Pe când eram o operă de artă
Cea mai frumoasă carte din lume și alte povestiri
Concert în memoria unui înger
Visătoarea din Ostende
Cei doi domni din Bruxelles
Femeia în fața oglinzii
Elixirul dragostei
Otrava iubirii
Noaptea de foc
Adolf H. Două vieți
Omul care vedea dincolo de chipuri
Răzbunarea iertării
Doamna Pylinska și secretul lui Chopin
Félix și izvorul invizibil
Jurnalul unei iubiri pierdute